2018年度
公安文学精选
（散文诗歌卷）

举枪那一刻

全国公安文联 ◎ 选编

代表本年度中国公安文学最高创作水平
一年一度的中国公安文学盛宴

群众出版社·北京

图书在版编目（CIP）数据

举枪那一刻／全国公安文联编．—北京：群众出版社，2019.12
（2018年度公安文学精选．散文诗歌卷）
ISBN 978-7-5014-5925-4

Ⅰ.①举… Ⅱ.①全… Ⅲ.①散文集—中国—当代②诗集—中国—当代
Ⅳ.①I217.1
中国版本图书馆 CIP 数据核字（2020）第 007069 号

举枪那一刻
全国公安文联 编

出版发行：	群众出版社
地　　址：	北京市丰台区方庄芳星园三区15号楼
邮政编码：	100078
经　　销：	新华书店
印　　刷：	三河市荣展印务有限公司

版　　次：	2020年4月第1版
印　　次：	2020年4月第1次
印　　张：	7.25
开　　本：	880毫米×1230毫米　1/32
字　　数：	197千字

书　　号：	ISBN 978-7-5014-5925-4
定　　价：	38.00元

网　　址：	www.qzcbs.com
电子邮箱：	qzcbs@sohu.com

营销中心电话：010-83903254
读者服务部电话（门市）：010-83903257
警官读者俱乐部电话（网购、邮购）：010-83903253
文艺分社电话：010-83903973

本社图书出现印装质量问题，由本社负责退换
版权所有　侵权必究

出版说明

为深入贯彻党的十九大精神和习近平总书记在文艺工作座谈会上的讲话等系列重要讲话精神，积极落实公安部关于推动公安文化大发展大繁荣的实施方案中提出的"推出更多公安题材优秀文化作品，出版年度公安文学精选"的要求，进一步加强公安队伍思想文化建设，服务公安现实斗争，着力打造公安文化品牌，推出公安文学精品，发现和扶持公安文学创作人才，满足新时期公安民警对公安文化的新期待、新需求，同时更好地满足广大读者对优秀公安文学作品的阅读需求，全国公安文联和中国人民公安出版社决定继续选编、出版"2018年度公安文学精选"。

由全国公安文联选编的"年度公安文学精选"迄今为止已出版了二十七卷，即"2011年度公安文学精选"共三卷，含中篇小说卷《特殊任务》、短篇小说卷《结案风波》、纪实文学卷《追捕始于新婚之夜》;"2012年度公安文学精选"共四卷,含中篇小说卷《归案》、短篇小说卷《编外神探》、纪实文学卷《亮剑湄公河》、散文诗歌卷《我的贺年卡》;"2013年度公安文学精选"共三卷,含中篇小说卷《命运之魅》、短篇小说卷《沙堡》、纪实文学卷《追捕深海"掠食者"》;"2014年度公安文学精选"共四卷,含中篇小说卷《派出所长》、短篇小说卷《无处可逃》、纪实文学卷《"猎狐"行动》、散文诗歌卷《心中有座百草园》;"2015年度公安文学精选"共五卷,含中篇小说卷《风住尘香》、短篇小说卷《神算》、纪实文学卷《刑警"803"》、散文诗歌卷《秘密》、网络文学卷《背后有眼》;"2016年度公安文学精选"共四卷,含中篇小说卷《绑架》、短篇小说卷《罪案病理》、纪实文学卷《铁笼沉湖》、散文诗歌卷《我的警察兄弟》;"2017年度公安文学精选"共四卷,含中篇小说卷《隐姓埋名》、短篇小说卷《起死回生》、纪实文学卷《剿赌马尼拉》、散文诗歌卷《麻雀·尊严和自由》。以上作品出版后,受到了广大读者,特别是全国各级公安机关民警的欢迎和喜爱。

"2018年度公安文学精选"的入选作品,均为发表后受到读者广泛好评并产生较好社会效益的优秀公安文学作品,代表2018年度中国公安文学在中篇小说、短篇小说、纪实文学、散文、诗歌体裁中的最高创作水平,在思想性和艺术性方面具有突出特色,是奉献给广大关心和热爱公安文学的读者的精神大餐。

"2018年度公安文学精选"共出版四卷,即中篇小说卷、短篇小说卷、纪实文学卷、散文诗歌卷。

这是中国公安文坛第八次举办全国性"年度公安文学精选"的征集选编活动。该活动由中国公安文学精选网协办。

"年度公安文学精选"编委会办公室
2019年11月10日

目 录

散 文

寻找吴天标 / 张　策 …………………………………… 3
向您敬礼！永不礼毕！/ 聂虹影 ………………………… 15
灿烂年夜 / 吴全礼 ……………………………………… 19
在寂静的山林间 / 谢沁立 ……………………………… 27
每个人的内心都有一个派出所 / 刘屹东 ……………… 32
饥饿的往事 / 徐　翼 …………………………………… 35
同学沈宽阔 / 张　暄 …………………………………… 40
家住浦东 / 陈　晨 ……………………………………… 49
抵　达 / 韩秀媛 ………………………………………… 57
我的海岛警事录 / 许　鹏 ……………………………… 62
喊　山 / 初日春 ………………………………………… 69
让清泪写尽祭文 / 夏晓露 ……………………………… 75
寂寞的颜色 / 高　麓 …………………………………… 79
举枪那一刻 / 程　华 …………………………………… 82
怀念战友张欣 / 李　动 ………………………………… 86

危房里的贫困户 / 申瑞瑾 ………… 90
紫薇山上的风 / 王　永 ………… 93
此生有幸遇枫桥 / 沈秋伟 ………… 96
谁是英雄
　　——蓝翎之鹰之八 / 梁史卓 ………… 99
和法医共进午餐 / 李　佳 ………… 108
小城英雄 / 刘美兰 ………… 115
刑警日志 / 顾颖颖 ………… 120
攀爬者 / 空　灵 ………… 126
这一刻，湿漉漉的警服最美 / 卢　嫈 ………… 130
父亲的警服 / 梁　艺 ………… 133
甜甜与山果 / 旷胡兰 ………… 137
一位排爆英雄的初心和坚守 / 蓝　茹 ………… 140
南国北疆一样的边防 / 韩伟林 ………… 145
母亲的碗筷 / 邓醒群 ………… 150

诗 歌

敬爱的乌老（组诗）
——写给"中国福尔摩斯"乌国庆 / 苏雨景 157

生命的呼吸
——献给世界屋脊上的天路卫士 / 田 湘 162

警徽，守护大地的灯盏 / 许 敏 164

把平凡的事情做到极致就是不平凡
——写给"叨叨"警察吕建江 / 周孟杰 166

吕建江：四季的四种特写 / 蝈 蝈 169

刑警（组诗） / 张玉波 173

爱：一名资深警官的枫桥情 / 沈秋伟 177

枫桥未远行
——纪念枫桥经验 / 任慧君 179

警 魂 / 刘晓霞 181

在枫桥想起扁鹊的哥哥 / 李尚朝 184

大漠　我美丽的忧伤/于国华	186
铁路骑警李军的日常生活/逯春生	188
满天都是你的名字	
——清明怀念逝去的战友/邓醒群	191
我是一名乡村民警/徐振江	193
捐　躯/林　涛	196
手　机	
——怀念时代楷模民警吕建江/陈计会	198
当第一滴水醒来/穆蕾蕾	202
遍地灯火/杨　角	204
端午，写给屈原/郑光明	205
我是一名警察/穆继文	207
耄耋老警/瞿海燕	209
用生命与忠诚负重前行	
——献给"排爆英雄"王厚鑫/艾　璞	211
杜鹃花的五月/王富举	213
故乡渭源的麦子/葛峡峰	215
北方的树/臧思佳	217

 散文

寻找吴天标

张 策

20世纪五六十年代,盘踞在台湾的国民党蒋介石集团不甘心失败,妄图"反攻大陆",不断派遣特务潜入内地进行破坏活动。据记载,仅在某山区就曾先后空投特务四批,共29名。其中28名陆续被击毙或抓获,只有一名至今下落不明。

——作者题记

一

吴天标,这是个虚构的名字,或者说,是一个符号。

想来他当然有真实的姓名。他不是孙悟空,

不是通灵宝玉，由天地精华孕育而生。他有父母，有兄弟姐妹，还可能有妻儿，甚至会有一个庞大的家族背景。然而他的那些真实，我却不想去刻意寻找，仿佛那种真实，反会破坏沉浸在我脑海里的另一种真实。

若是下些功夫，不是找不到的。在海峡那边，英烈祠中一定会有他的照片和简历。甚至他还会有一座衣冠冢，埋着他的些许遗物，一支笔，或一件背心。在海峡这边，公安机关的档案室里藏着已经泛黄的老档案。为了寻找他的下落，当年他的同伴一定被反复地审讯过，他的姓名和体貌特征，甚至性格特点，会反复出现在他们的口中，最终落到纸面上。严厉的钢笔会划破粗糙的预审记录纸，留下斑驳的墨迹，把他定格在历史的册页中。还有，他的同伴们会按下鲜红的指印，以保证自己供词的真实。

今天，当初的指印想必已呈陈年的暗红，却在无精打采中固执地坚持着他们对他的描述。

但是我仍然愿意使用一个虚构的名字来称呼他。这个名字是我为他起的。当我第一次听说他的经历时，这个名字就莫名地跳出了我的思维，在我眼前很生动地铺展开一个活灵活现的故事。它使我从中捕捉到一种感觉，这种感觉符合他那谜一样的人生，也给了我写作的冲动。面对电脑，我在他的故事里徘徊，我用我的思想填充着故事的细节、情绪和猜测，我要轻声询问：吴天标先生，你这位至今下落不明的国民党特务，你到底在哪里呢？

二

寻找吴天标的工作当然进行过多次，甚至，应该是持续了多年。

那座横亘在安徽、湖北和河南交界处的莽莽大山，曾是中国历史上的政治与军事重地，有许许多多惊心动魄的故事曾在那里发生。蒋介石先生的目光，毛泽东先生的目光，都曾经在军用地图上投射到这片用红笔反复圈下的区域，并且像两把剑客手中的利刃，在那里发生过激烈的厮杀与碰撞。熟悉这里丛林沟壑的蒋先生,把"反攻大陆"的梦想和他的部下一起空投到这里,自然也是顺理成章的事情。我只是始终不明白,他为什么只安排了29名"壮士",连个30的整数都没凑足。是他手下已经无兵可派?还是他认为29个人就足以颠覆共产党的天下?

他的精心安排策划,显然从开始就有着蚍蜉撼树的悲壮和空虚,而他却不能不为之。处于心情极其复杂状态的蒋先生,当然更想不到,也不愿意想,他的计划与痴梦使许多人的命运粗暴地被制订了新的走向,甚至在之后画下了休止符。

吴天标,就在这样的情况下回到了故乡。

我并不知道他是哪里人。是在松花江边长大的东北汉子,还是江南水乡孕育出的青年才俊。而于无奈蛰居台湾的他来说,大陆就是他的故乡,思乡之情于他来说当然是切肤之痛了。但他大概不会想到,他会以这样的方式跳进黑夜,降落在他完全陌生的深山里。

当然,他也许就是这大山里出生的娃娃,是从小就在这山坡上放过羊、割过草的农民孩子。他的上司在挑选潜伏人员的时候,大概也会考虑到他对降落地点的熟知程度吧。但在那茫茫深夜里,再熟悉的山也会向他显示出另外的一面,残酷的一面,他降落了,但从此再无消息。

广袤而深沉的祖国大地,接纳了他,也吞噬了他。

在刚刚听到他的故事时,我曾经猜测,他会不会在降落的那一瞬,就不慎跌落到了深不可测的崖下,所以我们才会找不到他?但当地公安机关的同志摇头说,不会,因为他的降落伞也没有被找到,没有丝毫的痕迹。

给我讲述吴天标的故事时,这位同志正在驾车。他刚刚从机场接到来参加活动的我。事后我想,他迫不及待地在路上给我讲了这个谜一样的陈年往事,大概也是出于对一个人诡秘命运的关注吧。

三

是的,那张巨大的降落伞应该是最醒目的目标。看来,吴天标先生在落地后从容地收起了他的降落伞,并把它藏好,好到至今都没有人能发现那顶乳白色的伞。

看来,他还是个很细心的人。我用从容来形容他当时的状态是准确的,他当时绝没有慌乱。在落地后,他迅速而准确地判断了形势,辨别出了东南西北,然后不慌不忙地处理了一切,甚至,销毁他的足迹。他那顶妥善藏起的伞有力地为他证明了他的冷静。

我有点儿佩服他了。看来即便处于绝对的劣势中,蒋先生的麾下也还有些所谓精英,即使是凤毛麟角。

但是,在藏好降落伞之后他去哪儿了呢?他在接下来的哪个环节上不幸失了手?

从今天看,应该说,他算是失踪。失踪是人生中最残酷的一种命运安排。

吴天标的同伴们,有的被当场击毙。那大概是因为在面对追捕的大陆民兵和公安人员时,敢于负隅顽抗。国民党也有忠实的追随者的,他们登录在海峡那边的英烈名册上,也算当之无愧。但他们之中的大多数,是立刻就举手投降了的。是早就有心弃暗投明?还是厌倦战争心灰意懒?抑或就是单纯的贪生怕死?这些人,在熬过了刑期之后,或隐姓埋名,在大陆度过余生,或在多年之后辗转回了台湾,与家人团聚。每一个人的命运,都只属于他们自己,是他们的选择,也是变化多端的世事在选择他们。

只有吴天标,从此杳无音信,至今杳无音信。

可以肯定地说,他也想不到这样的结局。但是话说回来,谁又会预见到自己的未来呢?

我还是猜想,他是不是在降落到地面的时候,噩运就同时降临到了他的身上?这不是我残酷,而是现实就是这样的冰冷。他可能掉到了湍急的河水里,和他的降落伞一起被卷进了某个不知名的溶洞。他更可能在藏好了他的伞之后才掉到了悬崖下面。也许，他的尸骨至今还在某个人迹罕见的崖底，被一层层的枯枝败叶掩埋，任凭着经年的风吹雨打，叹息着自己的人生和自己的命运。

在海峡两岸，人们也都只能用失踪来描述他的去向。

四

回想起来，在我不算长也不算短的生命里，有三位失踪者的故事曾让我心有所动。有两位是我的父执，另一位则是我的堂亲。堂亲是个很游手好闲的人，旁人的鄙视和辱骂几乎伴随了他的一生。唯一疼爱他并且不嫌弃他的，是他的祖母。于是在祖母逝世后，他便也消失了。很久之后亲属们才得知，他竟然悄悄地瞒过众人，带走了祖母的骨灰。而李先生是在得知自己患了绝症之后悄然离开的，他的绝情让他的妻子哭泣着咒骂了他好长时间。最可悲的是姜先生，在"文革"的牛棚里他上纲上线地揭发批判自己，只希望能落下个好态度，早日脱身。可他的自我革命过于凶狠了，以至于后来竟然脱不了身。他泼在自己身上的脏水成了洗不掉的刺青。于是，他在彻底绝望中出走。

我曾经想，这三个悲凉的故事是代表了三种情感的，或者说是三种心态。堂亲带走的，是他仅有的亲情。而李先生的决绝，细想其实应该是为了让爱妻早日摆脱痛苦吧，说来应该算是爱情。至于姜先生的悄然离去，表现出的是自尊被摧残后的自尊。失踪于失踪者和失踪者的亲人们来说，都是一种刻骨铭心的痛苦，是与命运抗争失败后的最后一搏。

而吴天标先生，应该与他们不同。他的失踪其实是对生的追求，他是怀着对活下去的渴望而堕入这种失踪状态的。

落地之后，他大概在第一时间就判断清了自己面对的险恶形势，知道了临行前上司所说的一切都是欺骗。是的，是欺骗，上司说大陆人民在盼星星、盼月亮地盼国民党归来，他们一落地，迎接他们的一定是欢呼，是鲜花，是奉若救世主般的渴望。而可怜的吴天标先生，脚还没有沾地，就听到了"抓特务"的吼声。

他没有时间去进一步分析形势，更没时间咒骂虚伪的上司，他只剩下了唯一的一个念头，这念头把他的思想脉络瞬间打成了一个死结，那就是，要活下去。

活下去，是我们人类在自己的生命过程中常常会有的精神支撑，是命运在戏耍我们的同时给我们的唯一安慰。

为了活下去，吴天标先生拼了命在漆黑的丛林中奔跑。树枝划伤了他的脸，石块绊倒了他的脚步，他不敢停留片刻。即使是从小生长在这片山林中，即使他在落地的那一瞬间还是镇定的，但此刻他也不能自制地恐慌了。天是阴沉的，看不到一丝星光。选择这样的天气本来是为了掩护他们的行动，但此刻却成了压在特务们心头最大的阴霾。

这也算命运的一部分吧，精心的谋划也许在实践中却是漏洞百出的笑话，甚至与初衷相悖，是坑人的陷阱。人算不如天算，古人早就给了我们教诲的。

五

我到这个城市是参加当地一个纪念活动的，顺便也了解当地警察博物馆的建设情况。到机场接我的同志是博物馆的筹备人员，我们在沉沉暮色中驱车进城，一路上他给我讲了很多故事。那些故事，或惊心动魄，或悲壮凄凉，或疑云密布，故事与故事连缀在一起，就拼接出了当地波澜壮阔的历史。他和我说，所谓历史，其实就是故事的连接，还有镶嵌在故事里的人。是人使得故事得以发生，是故事使得人在我们的记忆中丰满。

在我们的车程里，故事随着高速路的蜿蜒而默默行走，我感觉到有许多深沉的目光注视着我们。

就在吴天标先生失踪的那座大山里，曾建立有中国革命史上我党最早的公安机构。而那个公安局，在一次掩护大部队转移的过程中，全体人员壮烈牺牲。一座无名公安英烈纪念碑，至今矗立在莽莽林海之中，向后来者讲述着那段被鲜血染红的史实。我特别注意到了无名这个说法，故事的讲述者严肃地告诉我：是的，无名。除了时任公安局长，其他的烈士都没有留下姓名。

我没有询问那位公安局长的名字。在思绪里，我把他放在了他的部下、他的战友中间，我希望他在我的记忆里，永远和他们在一起，没有一星一点的特殊，哪怕是在留下姓名这一点上。无名，其实也是一种赞颂，是和英雄的称谓紧紧相连的。

回想当年，我在参与筹建北京警察博物馆的时候，大家为北京公安英烈设计了一部英名录。优质羊皮制作，每一页镌刻一名烈士的生平和照片。有若干英烈是找不到照片的，设计师就用一个花环代替。一个一个的花环，有着比照片更强烈的冲击力，它标志出的是一种彻底的奉献，是这种奉献中蕴含着的强烈的命运色彩。

无名，大概也是一种失踪吧。在本该春秋万代铭记的史册中，永远失去了一些人不应该失去的名和姓，尽管说，"青山处处埋忠骨"的诗句里有着震撼人心的潇洒，但毕竟扶着门框盼望儿归的老人，总让我的泪水洒满衣襟。

六

想来在海峡对岸，吴天标先生大概也是如此的境遇。曾有许多许多年，他的亲人也满怀着希望，盼望他奇迹般地归来，尽管当局已经为他开过追悼会，尽管他所获勋章也已经装进了他空空的骨灰盒。

我还想，如果他侥幸躲过了大规模的追捕，那么他将怎样走上之后的险径呢？

应该说，当时大陆迎接蒋介石先生那痴人说梦般的动作的，是一种同仇敌忾的阵势。公安机关早已布下了天罗地网，由警察、民兵、群众等组成的队伍，在茂密的山林间展开了拉网式的搜捕。能够从这样的网罗中脱身，除了靠吴天标先生自身的良好素质，还真的需要命运的协助。

我猜测，也许就在一位参加搜山的小民兵因劳累靠在一块石头边瞬间小憩的时候，吴天标胆战心惊蹑手蹑脚地从他身边走了过去。小民兵可能刚刚17岁，嘴边的茸毛还是软的，连续数天的奔波已经让他筋疲力尽。因此，我们不能责备他的困倦，我们只能说是命运给吴天标先生打开了一道门缝，给我们这个故事留下了一个回味无穷的结尾。

他，战战兢兢从这道门缝中挤出去了。

在猜测中，我已经越来越认定吴天标先生是当地人了。不然，他即使侥幸突出重围，也过不了那早已设下的重重关隘，他的外地口音会出卖他，他那掩饰不住的惊慌也会出卖他。他肯定早就准备好了当地的服饰和用品，化装之后，看上去他与本地的青年酷肖无二。天渐渐亮了起来，他已经可以辨别出方向，在依稀的曙光中，他试探着下山。

他的确是聪明的，他并不鲁莽地去和他的同伴们会合。也许，他曾目睹他的某个同伴倒在民兵的枪口之下，或者被按倒在山坡上捆绑起来，因而他绝对不敢到处寻找那些也如惊弓之鸟般逃窜着的人们。他屏住呼吸，一步三回头地沿着小路独自摸索。那小路如一根似隐似现的细线，牵着他的脚步，也牵着他的命运。

他应该是幸运地寻找到了落脚之处的。那也许是猎户的林间小屋，也许是挖药人歇息的山洞。他趴在小溪边像动物一样地饮水，那清凉的山泉水穿过他的肺腑，湿润了他的思想，也让绝望漫过他的心。他蜷缩成一团，开始无声地啜泣。

七

在现实中，人们常常会谈论有关命运的话题。在许多人看来，命运是冥冥之中的造化，是上帝之手，是因果轮回，是无法抗拒的秘密，是当下人们热衷寻找的暗物质。在星巴克的小咖啡桌边，在北京后海酒吧的轻声哼唱里，甚至在鸳鸯火锅那热气腾腾的氤氲中，每每会看到或沮丧或迷茫的当代青年人们，在感叹着命运的不公，在表达着对命运的无奈。他们那时的状态，也许只是为赋新诗强说愁的自怜，却也是他们的一种真实。

但是，想想吴天标先生，你们还能感慨些什么？

其实，所谓命运也是复杂的。不能否认的是，其中也有人类自身的力量。或坚定，或执着，或动摇，或放弃，人类在命运中挣扎，也在命运中改变着自己的命运，塑造着属于自己的人生轨迹。我相信，被我以吴天标作为标志的那条性命，今天仍然在世的可能性几乎为零，但他于降落在那座大山开始的生命时长，却是我们永远不再掌握的秘密。而那时间的长短，取决于他的挣扎，取决于他对活着的渴望。

生存环境对于他来说，绝对是残酷的。即便逃过了第一关，接下来的每一天都是危险与艰苦交织的折磨。从时间上我们可以猜得到，如果他从最初的抓捕中逃出来了，那么接踵而至的，就是当时波及整个中国大陆的数年饥荒。不难想象，那个时候吴天标先生该是如何的狼狈不堪。

再往后，还有……还有……

吴天标早已经没有青年军官的挺拔英俊了。如果有人还记得他从山路上走下来的身影，那么他一定不相信那个身材明显走形，臃肿而肮脏的老家伙曾经是国民党的精英。他的腰弯了，背驼了，目光也因常年蹲在火塘边而显得混浊不清。他抽上了旱烟，因此总是咳嗽不止，一口一口地吐浓痰。他的衣服总是不合身，而且破烂不堪，散发着一股难闻的味道。总之，后来的他就是个山民，标准的山民，如假包换的山民。

更重要的是，我相信，在他的眼神里已经没有了机警，没有了尖锐，没有了当年所有的踌躇满志。如果说还有什么，那只剩下了对活着的一丝渴望。

这种渴望很脆弱。我之所以说我们无法猜测他究竟活了多久，就是因为我们不知道他脆弱的生命线会在什么时候绷断。他是一只地地道道的惊弓之鸟，那座山的胸怀尽管博大，也安抚不了吴天标先生那颗疲惫而惊恐的心。

八

其实，那座著名的山是美丽的。

那是一种雄浑之美，也是一种俊秀之美。它东西绵延约380公里，南北宽约175公里，最高的峰巅近1500米。在今天的旅游图册上，它被标注为红色旅游胜地，并且总是会被特别强调说，这里不仅仅有着红色的历史，而且有着非常美丽的自然风景。山林湖瀑，都有着不同凡响的秀美。而从吴天标先生空降到此至今，时间的车轮已经碾过近半个世纪的岁月，而这座山仍然不老，它挺拔而庄严的身姿依然神采奕奕。

说起来，我和这座山也有着一段特殊的缘分。

从来没有想到过，我的花甲寿日会在这座山的怀抱里度过。我本想我应该是在自己的家里，和妻女一起吹蜡烛、吃蛋糕，女儿也许还会玩笑着给我带上那顶蛋糕店赠送的廉价花纸帽子。我想我应该以这样温馨而松弛的方式，开始我人生的最后一段旅程了。但是单位一纸庄重的通知，却让我重新穿上收藏在衣柜里的警服，和战友们一起走进了这座山的腹地，让这里清新的空气，重新灌满我的胸腔。

我坚定地相信，这就是命运的安排。因为就在那一天，北京召开了纪念红军长征胜利80周年的重要会议，我们在当年红军长征出发地之一的这座大山中，聆听了习总书记的重要讲话："每个人都要走好自己的长征路"。在那一刻我就清醒地意识到，这是对我的一种精神召唤。不然，为什么一生从未到过这里的我，会在我人生最重要的转折点上，第一次走进了这莽莽丛林，并在这里领受到这样的教诲？

那时，我还不知道吴天标的故事。

现在，回想吴天标先生可能的人生经历，我认为，在这样一座有着红色历史，有着博大胸襟的大山中，尽管生活条件艰苦，但他的精神世界，也一定会有着脱胎换骨的历程。

人，是会改变的。

听着红军的悲壮故事，看着红军留下的斑驳标语，他会不会一点一点地回顾起他们的蒋先生在训诫时说过的每一句话？他会不会对那些时而激昂时而低沉的话语产生出迷茫的感觉？他会不会对自己的命运抉择而感到那么一点儿悲哀？

这座山，即使是他的故乡，对于他来说，也是陌生的，他在这里听到的、看到的、感受到的，都是让他的心灵受到强烈碰撞和洗刷的过程。也许，当他战战兢兢地拨开灌木丛的枝叶，远远望着水库工地上的红旗飘飘，听着那热烈的乡音与歌声时，他会悄悄地潸然泪下。

那个时候，他一定想到要去自首了。

可是，命运总是有绝情的一面，当年他从命运的门缝处悄悄溜开的幸运，现在已经不复存在，门已关闭，路已走到尽头，吴天标先生，从此再也没有出现在人们的视线中。

他为什么没有迈出那一步，大概就是为了让我们今天对他的故事回味无穷？

九

我希望他还活着。

如果他活着，他当然已是风烛残年，意识大概也已模糊，他应该不记得自己是怎么来到这片土地的，也不会再为过去的什么事情而感慨。最好的结果，他大概正躺在某养老院的阳光下，享受着一个无名老人的幸福晚年。

当然，我也说过，他应该是不在这个世界上了，他的故事应该已经结束，那么留给我们的，就是永远猜不透的谜语。

一个人的命运走到这个时候，一切都已归于平静，意气风发的棱角，早在岁月的研磨下成为没有情绪的圆滑。吴天标先生的故事，现在只是我们茶余饭后的谈资罢了。对于我来说，我和这座山那偶然而神圣的缘分，是我关注消失在这座山中的吴天标先生的一种起因，一种动力，一种情绪。

　　行文至此，我好像也没什么可说的了。回顾我这篇不成体统的小文，发现命运这个词反反复复地出现在字里行间，我像是一个唠唠叨叨的老人，把这个应该具备着神圣感的字词咀嚼得不成样子。我的手放到了删除键上，我真的想把这些文字消灭得无影无踪。我不想再打扰九泉之下的吴天标先生了，就让他的一生熔化在人类命运史的这座熔炉里吧。

　　而此刻，我的一位台湾朋友刚刚打来电话，说是要飞来北京看我。我知道他是真诚的虚伪，因为他的影视公司正在北京发展得风生水起，他找我当然是有事情的，大概又是要我出面邀请某位圈里的朋友吧。我佩服这位台湾兄弟已经相当熟练的京片子，我想吴天标先生若是活到今天，他该使用的是哪里的方言呢？

　　人在哪儿，家就在哪儿，也许归宿也就在哪儿。命运其实在我们的人生里总在画着一个又一个的圆，回到终点的那一刻，也就回到了我们最初的希望所在。

　　于是我没有删除我的文字，我愿意为虚构的吴天标先生在命运的终点留下一点儿痕迹。哪怕，只是一点儿。

（原载《美文》2018 年第 6 期）

向您敬礼！永不礼毕！

聂虹影

从军32年，有过许多次告别，从没有哪次这般艰难！

这身军装，这身穿了32年的军装，随着部队的整体转隶，脱下，进入倒计时。

改革，总要有取舍，坚决紧跟组织，听令而行，小我情感必须服从国家利益！深知军旅终点，也是新的起点！深知告别，是为了遇见更好的自己。但回望来时路，依然感念万端！

有人说，军装是军人的皮肤，脱下，就好比扒层皮，真脱下，比扒皮还痛！扒皮，痛的是身；脱下，心身俱痛！

人生有许多梦想，也有很多条梦想成真的路，但我执着认定了这条从军路。32年前那个初冬的凌晨,体重只有43公斤的我背着和体重差不多的行囊,穿着没有领章帽徽的军装,乘着新兵专列奔向大西南,开启了我的军旅人生。

好好干,成为部队需要的人!留下来,是我的终极目标!

兵之初,半夜就把扫把拿过来放在枕边,怕天亮打扫卫生时抢不到。每次去锅炉房打水都是手提四只暖壶,身体晃晃悠悠不堪重负。匍匐前进磨烂了衣服磨破了胳膊,拼命挺住不喊疼不叫苦。卧姿装子弹一遍遍伏向雪水中,湿透棉裤刺骨凉,恰逢生理期也咬牙挺住。五公里越野,长途拉练,紧急集合山谷里的狂奔,酷暑下的拔军姿,风雨中的训练,一次次堪称身体极限的挑战,从不畏缩,因为梦想支撑!

为了军旅梦,文科生的我啃起理化课本,艰难又满怀期待为我的军校梦拼搏奋斗。为了军旅梦,我曾中断复旦作家班的学业。为了军旅梦,我放弃了地方单位抛来的橄榄枝及全国发行量最大报刊的招兵买马。32年的时光,一万多个日夜,几乎占据了我的大半个人生,从天远地偏的深山军营,到人才济济的军官摇篮,从解放军到武警部队,从基层到机关,从边检站到报社,跋涉的路上风雨遥迢,步履匆匆,累过苦过沮丧过,但没有后悔过退缩过,人生不易,梦想成真的概率很小,而我拥有了,时时提醒自己万般珍惜!军营成就了我,我以百倍的忠诚和丰硕回报,愿意为它赴汤蹈火。32年来,除了产假每次休假都没超过十天,工作是常态。32年来,一直用手中的笔抒发对部队的热爱,书写我的感动。32年来,200多万字的作品和六本专著印证着我的勤奋与努力。11枚军功章彰显着组织的肯定与认可。32年来,年龄数字在变,18岁,28岁,38岁,48岁,但初心未变,拼劲未变,梦想未变。愿意一走,就是一辈子;愿意一待,就是一生。因为这是我迷恋的军旅人生!

有人说生命的每种色彩都值得重温,32年来,我只钟情于绿色。走在街头,目睹青春年少的女孩穿着轻柔漂亮的时装,背着花花绿绿的小包,飘然而至匆匆而过,比起她们,我的青春只是单一的绿，也会羡慕，但从不遗憾，身上的橄榄绿，是最普通的颜色，但这份普通却给我的人生留下不普通的印记。军旅生活如酒，初饮辣且苦，随着时光的历练和沉淀，才慢慢品出醇香与甘洌。身着橄榄绿，我踏上冰封哨所，走过戈壁荒滩，我用眼感知，用脚丈量，用脑思考，用笔书写，用心感动，记录、描述、讴歌……于我而言这一切有着非凡的生命意义，面对见诸报端的文字，我拥有坚实的自信，那是我心血和汗水的结晶，是我付出辛劳的见证，也是我不一样的人生。这份只有经历过才能懂得的情感，是我宝贵的生命财富，生活，因为这样的储备而日益丰厚。

最幸运的是，当兵第 28 个年头我调入中国边防警察报社，工作和爱好高度重合。此后四年多的时光，我的生活和工作与报纸和杂志紧密相连，工作的节奏更快了。案上，灯下，黑夜磨成浓墨，灯光聚成路标，夜以继日，通宵达旦，苦并快乐着，在没有鲜花掌声的路上，丈量着墨香弥漫的日子，经历着岁月的砥砺，浸润着耕耘的欣喜。在履行新闻宣传的使命中创造了属于自己的光荣，也在投身党和军队的新闻事业中谱写了生命的华章。

军人因使命而光荣，生命因事业而精彩，那一个个充满温度的故事，那一行行带着感情的文字，那一篇篇铅字码成的稿件，那一块块图文并茂的版面，既是部队建设发展的缩影，也是报刊人无怨无悔辛勤付出的见证。几多光荣与梦想，几多奋斗与追求，在这片舆论阵地上，编者和作者默默耕耘，孜孜以求，记录时代，见证历史，奉献军营，丰富人生。岁月，就在这张张报纸上、篇篇文章中、行行文字间，无声无息地缓缓走过。点点滴滴串起的记忆，历历在目，无法言尽，伏案而思，满是感念。感谢一路扶携相伴成长的领导同事，感谢鼎力支持默默关注的读者朋友，让我收获了太多的感动，也收获了自身的成长。

"却顾所来径，苍苍横翠微"，生命走过这一程，即将成为一种回忆，也必将定格成一种永恒。它是心头无法刷新的记忆，是永远的回望和怀想。不是无缘，而是无限。岁月留下痕迹，事业蕴含真情！感恩这一程的军旅人生，它是我们人生历程中永远的骄傲！

再见！公安边防！再见！我的军旅！
向您敬礼！永不礼毕！

(原载《中国边防警察报》2018 年 12 月 29 日)

灿烂年夜

吴全礼

新年的钟声还没有响起,村里的年炮已经噼啪炸响,那响声比往年要猛烈许多。我忍不住走到门外,只见远远近近的乡村上空已经是一片灿烂。

过去只有在城里才能看到的焰火,却不知在几时来到了乡村。高高低低的礼花盛开在高旷的夜空,抛开城市高楼大厦的羁绊,每一株焰火都在尽情地向夜空伸展,恣意地绽放出最美的身姿,无拘无束,奔放不羁。与闪烁着星光的夜空交相辉映,远远近近的村落上空演绎着焰火与星光的奏鸣曲。极目远望,好像过去那些过年的情景就寄放在这些闪烁的星辰里,只要你挥一下手指,它就会一一展演于你的面前。

一

在我还没有记事前,不知道年是怎么过的。只记得年走进我的记忆里时,是朴实而安静的。听不到炮仗声,看不见火红的春联,穿不上里外三新的衣服,吃不着名目繁多的美味佳肴。一双母亲手工做的百纳底布鞋,或者一件翻新的旧棉袄,一锅肉很少的大烩菜,可数的几块油饼,要是再能看上三天戏,这个年就已经非常好了。说到看戏,我就想到了舅家的小表弟。发生在小表弟身上的那件事,我当时觉得只是可笑,懂事之后,想来却觉得非常心酸。

那时过年,乡上提前从各队抽调有所谓艺术细胞的年轻人组成临时戏班,排演一些传统的剧目比如《梁秋燕》、《墙头记》,有时也从外面请戏班来唱。有戏看自然更能感受到年的氛围。四邻八村的人都会聚到乡上看戏,不大的剧场人流如潮。舅舅和姨妈家的大人娃娃也都过来看戏。中午歇场时,因为我家离得最近,他们都聚集到我家。中午饭是必须要准备的,却也真是难为母亲了。娘家一下来了十几口人,家里又没啥像样的吃喝,可母亲总得想办法让他们吃饱。记得母亲从叔家借来一碗榨完油的肉渣,和着剁碎的酸菜,蒸了几笼包子。舅家的小表弟七岁多,从第一笼吃到最后一笼,始终是嘴里吃一个,手里拿一个,眼看着鼓起的肚皮将身上那件破旧的小棉袄顶了起来。舅舅骂着不让他再吃了,他边哭边吃就是不撒手。因为要先紧着亲戚们吃完了,家里人才能吃,而小表弟吃得没完没了,眼看包子馅没了,我们心里很不高兴。母亲瞪了我们一眼,姐姐就赶快带我们向门外走去。只听身后哇的一声,小表弟吐了一摊。我们围过去,有些幸灾乐祸地看着。舅舅骂小表弟:"撑死你!不知道饥饱,饿死鬼转世的东西!"母亲从伙房过来抱着小表弟,轻轻揉他的肚子,呵斥着不让舅舅骂,眼里却流出了泪。这个场景虽然时隔多年,却深深刻在我的记忆中,拂之不去。

即便如此,我们的年还是照样过得有滋有味。戏演几天,舅舅和姨妈家的人就在我家吃几天午饭。母亲的办法很多,哪怕是一碗黄米干饭就咸菜，也会做出年饭的味道来。舅舅和姨妈家的娃娃多，母亲年前就将我们穿过的衣服和布鞋清洗干净修补好，等到舅舅和姨妈带着表兄妹们来我家，母亲看见哪个娃娃的鞋露出脚趾头，或者衣服破了，就给他们换上。虽然家里条件很有限，可母亲想方设法帮衬着娘家的兄弟姐妹，因为她是老大。

后来，舅舅和姨妈家的日子越来越好了，我家却因为我们一个接一个地念书，日子怎么也缓不过劲儿来。父母的年龄也一天天大了。头发已经花白的母亲，为了哥哥的婚事，到舅舅和姨妈家想借点儿钱周转一下。可是，从舅舅和姨妈家回来的母亲，一句话都没有说。哥哥埋怨了几句，母亲抹了一把泪，还是啥都没有说。后来我们问起母亲当时去借钱的细节，她总是说："谁都难啊，他们也不容易。靠谁也不如靠自个儿，只要心里有劲儿，再苦的日子总有过完的时候，怕就怕在苦日子跟前儿心松了。"

的确是这样，年届八十的母亲，看着如今年夜饭的桌子越来越大，菜肴越来越多，心里的感慨也越来越多。

二

那张比巴掌大不了多少的红漆炕桌，是我记忆中第一张摆放在炕上的桌子。只有家里来了客人，才会拿出来摆放茶水和饭菜，像什么宝贝似的。过年时，一家人围坐在周围，吃那摆放在小桌上的唯一一碗大烩菜。我们平时吃饭，或坐在炕沿，或蹲在地上，甚至是站着吃。另外有四个小炕桌大的一张炕桌，是给队里拣麦种时借过来的。这张桌子没有上过油漆，脏得看不到原木的颜色了，基本上是个废品，自从进了我家后，再没有出过我家的门，算是成了我家的物什。有了这张桌子，我们几个不再为争着用那张小炕桌写作业而吵闹，过年摆放在炕上也显得大气一些，毕竟年夜饭菜一年一年在增加。虽然它上面能摆下十碗菜，可当时只有两三碗菜可摆。

我印象最深的，还是那张小地桌。

那时能有一张地桌的家庭，算是条件比较好的了。按照我家当时的条件，做不起地桌，因为没有钱买木料，怎么想也是空的。看到村里不少人家都有地桌，除了吃饭，用那样的桌子写作业比用小炕桌舒服多了。母亲过日子的心气高。父亲对家里的事不大过问，只管干好农活，其他事情由母亲决定。门前的那棵沙枣树，是我五六岁时跟着二哥到滩里挖猪菜时移回来的。当时只有两个手指头高，父亲帮我们栽在门口，用土坷垃围起来，冬天用麦草缠好，用泥巴糊严实，春天再解放出来。沙枣树随着我们的成长，也逐渐长大了，每年不仅带给我们沁心的花香，还有成串的沙枣。当母亲决定用这棵还没有完全长成的沙枣树做地桌时，我们都不乐意。想想它在我们的照顾下一点一点地成长，犹如看顾着自己的兄弟一样，哪里舍得？要树，还是要地桌？母亲让我们自己选择。我们最终还是没有抵抗住地桌的诱惑，眼睁睁看着父亲用板斧砍倒了这棵倾注着我们心血的沙枣树。我们没让父亲挖掉沙枣树的根。从根部发起来的枝条，成了我们新的寄托。

母亲请来木工，将晾晒干燥的树身刨成板子。看着可怜的沙枣树变成几块窄窄的木板，我觉得自己像杀人凶手一般可恶，后悔已经来不及了。那几块板子只够拼一张桌面，四条桌腿是用一个破旧的门框凑的。地桌摆放在屋里，似乎让家里的日子又好了几成。没有钱油漆，一张原木地桌，散发着树木的清香。做地桌的手工钱，是用半袋子麦子顶的。一张不大的地桌，只能容下两个人在上面写作业。我们大小四个都争，母亲只好让我们轮流使用。过年有了地桌，尽管没有坐的凳子，心里还是盛着满满的高兴。我们围在父母身边，站在地桌四周津津有味地吃着年夜饭。

三

与年有关的记忆，和自己当时能够拥有的东西总是紧密相关。

大哥家的儿子和我一样大，我们经常在一起玩耍。可能是我在大伯家的时间更多一些，七十多岁的大妈疼爱自己孙子的同时，连带着把我一块儿疼爱了。二哥过年回来，扛一个大旅行包，里面装着给大伯大妈买的东西，各种样式的点心少不了。大妈把点心锁在一个小箱子里，时常偷偷地给她孙子和我吃一点。五六岁的人不知道好歹，更不懂看别人的脸色，吃惯了嘴的我，去大妈家就更勤了。有时，我也能帮大妈倒炉灰，或者和一盆压火的煤泥。干完活，大妈就给我一块点心。我悄悄躲在大妈家的门后吃完，再去找她孙子玩耍，大妈不让我告诉她孙子。兄弟姐妹都不知道我为啥爱去大伯家，父母也顾不上多管我。我不用照看弟弟妹妹，除了每天要挑三筐猪菜外，记得回家吃饭就行了。我不记得大伯是怎么死的。只记得大妈上炕准备睡觉时，在炕沿上磕了磕鞋底的土，突然吐起了血，还没有来得及叫医生，人就没气了。等我一大早赶过去，大妈已经躺在了门板上，地上的血迹依稀可见。将近四十年过去了，我还记得大妈给我拿点心时的神态，心里还会产生那种温暖的感觉。

　　大哥在过年的时候，用一个大碗装上水果糖，拿一沓一毛钱的票子，还有一把红红的零散的小鞭炮，让他的七个娃娃排成一行。我站在旁边看着那些东西，眼里充满渴望和期盼。大哥也没有把我当外人，让我也排在了队里。先是每人三粒糖果，然后是每人一张毛票。小鞭炮对我的吸引力也很大，但是我已经有了糖果和毛票，没有小鞭炮也可以。大哥还是将四个小鞭炮放到了我手里，我不知道对大哥说声谢谢，只是感激地笑了。

　　我前脚出门，大哥家那几个黄毛丫头后脚就跟出来，向我索要那张毛票，我威胁说要把她们向我要钱的事告诉我大哥，她们只好乖乖地放我回家。我一路连笑带蹦地跑回家，晚上睡觉把那几粒糖果和一张毛票藏了又藏。糖果用刀破开，我们一人分一点；小鞭炮传来传去，就把火信子给弄下来了，只好将火药剥出来，用火柴燃出一团火花。至于那张毛票，七藏八拽得到头来连自己也不知道放在哪里了，鼻涕眼泪抹一通也就过去了。

　　大哥家的娃娃，如今都已经有了自己的娃娃。我偶尔碰到和自己一起长大的侄子，扯起这些往事时，我们笑得肚子疼，一旁的大哥却莫名其妙，不明就里。他哪里知道这些悲喜交加的往事呢？那时我们盼望过年的心情，的确可以用斗量啊！

四

随着我们的成长，哥哥和姐姐一个接一个地有了工作。

过年时，母亲的那个描花大红柜里，开始有了大妈那个箱子里曾经的内容。哥哥和姐姐买回来的东西，母亲总是习惯性地锁进柜子里，细水长流地分给我们吃。有时，拿出已经长了毛的点心和坏了的水果时，母亲又埋怨我们怎么不提醒她。可能是一直以来形成的习惯，只要母亲不给我们吃，我们也不追着母亲要。

记得自己那时已经上初中了，过完年后觉得柜子里应该还有吃的，趁母亲春耕平地不在家，我用一把铲子将柜盖间的缝隙撬大，却不小心将锁柄弄弯了。我让小弟从缝隙里伸手进去拿吃的，只摸出来几个枣子和核桃，算是暂时解决了馋嘴的问题。已经走形的锁柄，怎么也恢复不了原样。我怕母亲发现后打我，就多给了小弟一个核桃，让他把撬柜扭锁的事承担下来。小弟想着母亲不会打他，手里拿着那个让我眼热的核桃，很痛快地答应了。谁知母亲晚上就发现了柜锁变形的事，看我们都睡下了，就没有言语。其实，我一直在悄悄观察母亲的举止，发现不妙就得赶快逃向门外，或者躲进柜与炕之间的那个夹缝里，让母亲掐不着自己的屁股。我们有谁犯了错误，首先遭殃的就是屁股，屁股被掐一次疼好几天，让我们增长记性不敢轻易犯错。第二天早晨，我刚洗完脸，就发现母亲的脸色不对。我还没有来得及躲进夹缝里，就被母亲薅在了手里。后来，母亲把我给她买的东西收进那个描花大红柜时，想起被母亲掐屁股的事，我就笑着问她为啥把东西看得比人金贵。母亲说当时的条件太差了，我们兄弟姐妹又多，不管着些，还不闹翻天？再说了，不打不骂，我们怎么能成才！我说现在啥都不缺了，怎么还要放柜子里呢？母亲说是数年养成的习惯，苦日子过怕了，总觉得把东西放进柜子，心里才踏实。当母亲拿起挂着小铃铛的钥匙，打开年代久远的锁头，从柜子里拿出点心给孙女们时，孙女们都摇着头说吃烦了，不想吃。母亲就从我们经历过的那个物质匮乏的年代讲起，她才开了头，孙女们早没了身影。望着躲开的孙女，母亲的神情颇为失落。

不觉间，柜子上的锁头不见了。描花大红柜的油漆，已经变得黯然无光。描摹这些花样的人，也已经死了三十多年了。那个董姓的油漆匠却不知道，这些虽已残败的花枝上，依旧留有他生命的痕迹。每次说起柜子的事，母亲都会重提董漆匠，哀叹光阴快得赶也赶不上，还没有觉得怎样呢，就已经活过七老八十了！是的，这个描花大红柜已经无法盛下现在的日子，因为它和父母共同历经沧桑，然后一起衰老。

五

与过年记忆有关的，还有燎骚干。这是一个带有集体意义的年节活动。

我们那时候过年，正月十五要燎骚干。村里大人娃娃、男男女女排一溜长队，点燃一堆麦草，或者一堆白刺，排队的人轮流从上面往过去跳，边跳边喊：燎骚干了！一直跳到没有火苗了，就由几个大人用铁锨像秋天扬麦子一样，扬一锨还有火星的紫灰。扬起的还带有火星的柴灰，像一群闪闪发光的流星从高处倾泻而下，周围的人就扯着嗓子高喊：麦子花、玉米花、荞麦花、高粱花……只要能想起来什么花，尽管喊出来，祈求新的一年里，能够风调雨顺、五谷丰登。火星越多，表示来年的收成越好。那时，远远近近的村子里，很少能够看到和听到炮仗爆出的火花和鸣响，只有这种祈福的喊声此起彼伏，间杂着人们畅然的欢笑。无论何时何地、何年何月，人们期盼好日子的心情，是一样一样的。

记得屋后那条被野草遮蔽的小渠沟，每到盛夏来临，鼓噪的蛙鸣在夜里流淌不休，各色各样的野花恣意开放。暑假期间，我领着城里姑姑家的小表妹，看她扑向野花的神态，听她好奇的惊叫。我和堂弟帮她抓大个儿蚂蚱。当我们把张牙舞爪的大蚂蚱拿给她时，她扔下满怀的野花，大哭着往家里跑去。看她逃跑的样子，我们大笑不止。谁知小表妹就像她摘下的那些野花，十岁那年因白血病永远离我们而去了。从此之后，每到夏天看着四处盛开的野花时，我就会想起小表妹摘花时的样子，心里有几多怅失。我还记得给母亲送茶水的往事。只要听到悠悠的呼唤，那肯定是母亲口渴了。我便抄起贴花瓷壶（那把贴花瓷壶，至今依然摆放在母亲屋里的描花大红柜上），顺着渠边的小路去给母亲送茶。而今，小渠变成了大沟，两边栽上了速生树木。往昔的小路不知隐身何处，没有了杂草，没有了野花，没有了蛙鸣，更没有了小表妹的身影。当初要盖土坯屋，全村的人都过来帮忙；地界你占了他家的一点儿，他占了你家的一点儿，谁都不会在乎。乡里乡亲串门子推门就进，甚至端着饭碗去邻居家。过年更没有太客气的话要说，进门你就吃，有啥稀罕的东西，主家都会热忱地端出来让你尝尝。现在，村里当初散落的土坯房早没了踪影，整齐的砖瓦房在宽阔的乡间道路两边排列有序。房舍宽敞了，田地规整了，房屋不能自由散漫地盖了。我家门前那条弯曲不平的土路，也变成了平展展的柏油路。原本在城市里的年夜才能看到的璀璨焰火，此刻就在乡村的年夜尽情展示它灿烂不羁的身姿。

　　乡村正在脱去质朴的外表，已经有了城市的气息。似乎是不知不觉中，乡村的日子过出了城里的滋味。

（原载《散文选刊》2018 年第 3 期）

在寂静的山林间

谢沁立

清晨,当临江小学传来孩子们的朗朗读书声时,一墙之隔的红石森林公安分局侦查大队的民警们,也分别登上警车开始巡山。

红石森林公安分局隶属吉林省森林公安局,管辖着红石国有林区近三十万公顷地界,其中的92%都是森林。副大队长商维家和民警庞年志要开出一百公里才能到达他们负责的红石林业局二道沟林场头道溜河到五道溜河的区域。

溜河,就是地处边远的深山老林的意思。

站在森林边缘,商维家总是习惯地深吸一口气,然后整理一下身上的警服,摆正别在肩头的执法记录仪。这个简单的动作,对于他来说就像一个神圣的仪式。虽然密林深处荒无人烟,他的这个仪式也从来不会偷工减料。

深山老林的更深处没有路。

他们成年累月走的，就是那些没有路的路。头顶是枝丫茂密的参天大树，树叶的缝隙里若隐若现着清朗的蓝天，幽静而又带有几分神秘。

他们踩着枯枝落叶走，那些枯枝常会绊住他们的腿，层层落叶总是将他们的鞋子埋没；他们踏着积雪走，有时，齐腰深的积雪让他们走得非常狼狈，但也没能阻止他们的脚步；无论他们穿得多么笨拙，也会轻巧地提着手中的工具箱，所有的证据留存全靠里面的宝贝呢。

他们是国家森林警察。他们要走进森林深处，去搜寻一切痕迹，被砍伐后留下的树桩，新近折断的树枝，地上留下的车辙和脚印……

森林警察是公安队伍中的一个特殊警种。在茫茫林海之中，他们以警察的名义，打击犯罪，保护森林和野生动植物。

商维家的父亲是名老公安，他从小的理想就是长大后要当警察。在山林里长大的他对大山有着特殊的感情，他爱山里的一切。从警28年中，他当过派出所民警、刑警、交警，最终，他成为一名森林警察。

商维家个子不高，精瘦结实，动作敏捷。他眼神极尖，说话不多，但语速很快。多年在山间巡查，他的开车技术极佳，多难走的路，他都能将车开得稳稳当当。

森林警察，与森林相伴，听着浪漫，实则环境凶险。春夏，他们在林中巡山，空中蚊虫叮咬，脚下毒蛇出没；秋冬，零下30度的天气，大雪齐腰，即使穿着毛皮靴，脚也会冻得生疼。他们要在各个村屯巡查，看谁家的柴火垛多出来新砍的劈柴；看卡车车厢里的粮食下面是否藏有整段木头；看地窖，因为有的人家会将砍伐的树木藏在菜窖里；他们还要摘掉头顶的棉帽子，站在雪地上侧耳倾听，寂静的山林里，如果有油锯伐树的声音，会传得很远，他们捕捉到那个声音，然后寻声而去。

山民祖辈靠山吃山，他们觉得伐木打猎天经地义。法律规定，乱砍滥伐、狩猎珍稀动物已属违法行为，要受到治安或刑事处罚。

尽管村干部和民警走街串巷宣传不许砍伐树木的法律规定，但总有人躲着森林警察去林中砍伐。树干直径三四十厘米的百年大树，不法分子用油锯不到十秒钟就能锯断。

初秋的一个周末，侦查大队接到群众举报，有人开着面包车往个体加工厂送木段。商维家和庞年志开着私家车在山路上寻找可疑车辆。一个小时后，他们发现一辆银灰色面包车的牌照与举报者提供的号码一致，就远远地跟在后面。商维家不急不慢，他太熟悉这里的地形了，他知道加工厂位于道路的尽头，可疑车辆要离开那里，只能原路返回。

面包车驶向加工厂。商维家提速跟上去。

到了加工厂院落，商维家将汽车堵在面包车后面，然后跳下汽车。面包车上也跳下来一个男人，个子高大，气势汹汹。商维家迎面走上去，在那个男人走到自己跟前挥臂吼叫的一瞬间，他用胳膊一搂男人的脖颈，两人同时倒在地上滚成一团……

男人的双手被手铐铐上时，他还不服气，我不就是砍了五棵水曲柳吗？这树又不是你们家的，我不说，你们不说，谁知道是谁砍的？

商维家淡淡地回应了一句，天知地知，你知我知，大树也知。

每次出警，商维家他们都会带上很多法制宣传单，走到哪个村屯就发到哪里，让大家增强法律意识，保护林木。

这些年，商维家算不清自己究竟保护了多少树木，他只是觉得，每当在森林深处抬起头，从树枝间仰望天空时，他的心里是那么宁静和自豪，因为他为国家这片明朗的天空做了一点小小的贡献。

45岁的高明光是森林侦查大队中队长。自称"老同志"的他一捋头发露出发顶，看，一多半白头发，还不是老同志？

高明光话不多，却句句画龙点睛。他和民警陆秀亮是搭档，负责保护两个林场。默契的两个人说得最多的一句话是，咱们再到林子里面转转。走！

正月里，高明光和陆秀亮冒着严寒去巡山。

冬天是盗伐的高发季节。树干水分含量少,砍伐和运送都不费力气。树叶枯萎,从林中往外拉木材时不会被枝叶阻挡。雪后的林间,木材也可以"滑"雪下山。所有这些便利条件都被盗伐者利用起来。

这一天,他们踏着冰雪,在没有人烟的林间走了三个小时,到了林中深处的一块腹地。高明光发现积雪凹凸不平,凹下去的雪地上似乎有连续的脚印,而且两边都有树枝新近被折断的痕迹。他机警地拉住身边的陆秀亮。

"老陆,看那儿!"

"脚印深,而且杂乱,还不止一个人。"陆秀亮说。

"咱们再往前看看去。"

他们沿着凹凸不平的积雪,一路拍照,定住方位。他们穿过小河沟,还攀爬了几个四十五度角的陡坡。积雪、泥泞、严寒,无时无刻不在考验着他们。没人知道前面会有什么,也没人要求他们一定去发现什么。但他们依然义无反顾地向前,没有片刻的犹豫。

他们又往森林深处走了一公里。当他们手脚并用爬上一个小雪坡时,眼前的情景让他们惊诧不已。茂密的丛林中竟被开出一片开阔地,上百个高于地面十厘米的树桩秃在那里,大树没了踪影,只剩下几大堆树枝杈小山似的堆在一旁。

高明光的眼泪哗地流了下来。那可是些长了上百年的大树啊。

他们粗略算了一下,被砍伐的大树一百二十五棵,其中的一半属于重点保护树木。根据当年木材市场行情,这些原木的价值已超百万元。

盗伐一棵重点保护树木便要立案,盗伐两棵以上属于重大案件,盗伐十棵以上为重特大案。毫无疑问,这是一起盗伐森林的重特大案!

如果发生了故意伤害案件,会有被害者的描述,会有现场和证据;如果是治安案件,也会有视频监控和目击证人。但盗伐林木业,现场在深山老林,被发现时早已时过境迁,痕迹基本被风雪抹平,侦破难度超乎想象。

从发现案发现场开始,专案组成员便在附近的村屯驻扎。

　　他们每天在各村屯寻访,查找知情人,每一个线索都不放过。村屯里第二小组的组长老黄对民警特别热情,不仅主动提供线索,还多次开车带着民警去寻访知情人。但高明光隐隐觉出些奇怪,他们单独寻访村民时,村民大多知无不言,但有老黄跟着时,村民立刻变得支支吾吾。

　　寻访知情人的同时,案件侦查大队的民警们也在尽力搜集证据。他们从现场附近的雪地中找到车辙痕迹,通过辨别车轮胎型号去比对村屯里的相似车型。他们还找了几家油锯专卖店,将一年来买过油锯的人一一排查。高明光发现,老黄的儿子腊月间买过两把德国产的油锯。

　　种种迹象表明,老黄和他的儿子有重大作案嫌疑。

　　为了不打草惊蛇,民警们依然和老黄保持着合作关系,大事小情还照常向老黄咨询。但民警通过几个村民之口,确定了正是老黄等五人制造了这起"百树案件"。

　　经过四个月的追踪,案件告破。老黄承认自己带着儿子和几个侄子砍伐了这些大树。之所以选在大年初一,是因为鞭炮声音掩盖了油锯和树木倒地的声音。

　　砍伐这百棵百年老树,只为了种植一地苞米,只为了用劈柴取暖。

　　一想到这些,高明光和陆秀亮就会涌上一股透心的凉。

　　老黄被抓对村民触动很大。森林警察趁热打铁在各村屯宣传国家保护森林的政策,村民们慢慢接受了这些新理念,也开始自觉维护森林安全。

　　在山间行走,在林间穿梭。森林警察说,每当他们在森林里与一棵棵树对视,心中都是满满的自豪,因为那里的每一片绿叶,都饱含着他们深深的祝福,那里的每一个脚印,都书写着他们守护绿色的信念。

(原载《人民日报》2018年1月27日)

每个人的内心都有一个派出所

刘屹东

这个世界纷纷扰扰,矛盾无时不在,无处不在,但是,总要有个说理的地方,你不管承不承认,派出所就是这样一个地方。还是容我讲一个真实的故事来证明我的论点吧。

20多年前,有一个农贸市场,有一个农民挑了一担蔬菜在市场门口叫卖,堵住了市场的进出口,管理市场的城管队长不得不上去干涉,叫他离开。但农民在市场里没有摊位,只能把担子放在菜市场门口,说卖完了就走。队长多次口头命令叫其把担子挑起走人未果,于是,音量开始提高,愤怒的情绪也越来越大。农民给他来了个游击战术,打一枪换个地方,就在市场门口打转,队长认为他完全是耍赖,无视自己的权威,双方从口角进而转化为抓扯。挑着一担蔬菜的农民，扁担箩筐绳索一大堆，筋筋绊绊的，肯定逃不过队长的抓扭，你来我往的肢体接触中，队长操起农民的秤一把折断，这下农民也恼怒了，因为秤也是钱买来的，属于自己的私人财物，再不懂法的人也知道自己的财务不容他人随意损坏。这是一个普罗大众皆知的基本道理——就跟杀人偿命，欠债还钱一样的朴素做人原则。双方矛盾升级了，火气也越来越大，农民眼里发射出要跟队长拼命的寒光。但是双方都想到一个地方去解决两个人的私人恩怨（从公怨上升为私怨了），里三层外三层的围观群众也异口同声说出了这个地方——到派出所去，到派出所去，找警察评理！

在七嘴八舌的"到派出所找警察评理"的喊声当中，双方抓扯着来到附近的一个派出所。当天值班的一个50多岁的老民警，接待了剑拔弩张的纠纷双方。双方叙述了事情的经过，农民知道自己乱摆摊违反了市场管理规定，但他抓住了一点，他将被队长掰断成两截的秤杆当成证据递给民警：我乱摆摊纵然有千般不是，你也不该掰断我的秤啊！

老民警经验丰富，但更是非分明，疾恶如仇。他毫不犹豫地指出城管队长的错误：你不该把农民的秤折断！

他狠狠地批评了城管队长一顿，还责令他向农民道歉。队长被他说愣了，脸上青一阵，红一阵，极其尷尬。他原本以为，同一个地面上的执法者，不看僧面看佛面，民警随便怎么都会帮自己说话，谁料却让自己下不了台。

他并没有把老民警对他的劝告瞧在眼里。他轻蔑地说："你叫我赔礼道歉，我就赔礼道歉？哪条法律规定我必须赔礼道歉？你算老几？你是我上级吗？"老民警正色道："你看外面群情，你跨得出派出所的大门吗？我这是给你台阶下！"

城管队长极不情愿地给农民道了歉，骂骂咧咧地走了。

再看那位农民，立在一边，像找到大靠山、大救星似的，顿觉扬眉吐气了一回，脸上洋溢着幸福的笑容。他还悠闲地掏出香烟抽了起来，末了还递一根给老民警，说："我其实，也不想让城管赔我的秤，无非就是相信，天下总有个评理的地方……嘿嘿，找对了！"

但这事并没有完。城管队长将此事报告给了自己的上级——街道领导，领导在和派出所所长开会时，对老民警的处理方式表达了不满，还有意无意地透露：你们太不讲情面了，基层执法这么难，大家心知肚明，都是捆在一条线上的蚱蜢，蹦不了你也蹦不了我，何必嘛。年终街道也要慰问派出所，看来今年你们就不需要慰问了……

所长一听，这损失可就大了，跑回来批评老民警处事不够圆滑："这样的事，一是可以来个太极推手，双方蜻蜓点水似的批评几句，都不得罪；二是完全可以一推了之，叫农民向城管的上级部门投诉他，或者走司法途径向法院告城管嘛，何必把矛盾揽在自己身上，惹火上身呢！你又不是一个最终的裁决机构！"

老民警跟所长拍了桌子："我有我的价值判断，是公平正义、是非曲直重要，还是慰问金重要？"

最后，因为此事，老民警气得提前申请退了休。而当年我也在这个派出所当新警，月薪100多元，那年街道准备给每个民警发放慰问金100元，结果大家都因为他的执拗，没有领到。绝大多数同事都埋怨他，但我在心里却暗暗喝彩，老民警做事讲原则、有担当的作风始终影响着我。如今，警察这个职业风雨如晦，但是，我坚信，始终应该有这样一个神圣的地方，它永远驻扎在人们心中——

走，到派出所评理去！

（原载《美文》2018年第1期）

饥饿的往事

徐 翼

义乌姑姑一家近日来北京办事，尽管行程匆匆，但坐一起吃顿饭叙叙乡情还是必须的，正好附近有北京老字号"全聚德"烤鸭店，自然它就是我们的不二选择了。

看着端上来的一道道美味，姑姑简直高兴坏了，品了一个又一个，直咂摸嘴："好吃！都好吃！""全聚德"最经典的菜品自然就是果木烤鸭了，几年前北京举办了 APEC 会议后，烤鸭又升级了一个切盘——盛世牡丹，就是把每一片鸭肉都片得大小厚薄均匀，有皮有肉，形状相近，在盘子里摆成一朵牡丹的样子。师傅用娴熟的刀法，很快就片了一盘端上桌，漂亮的造型引得大家抢着拍照，姑姑目不转睛地盯着盘子里的烤鸭片说:"这么漂亮,哪里舍得吃掉!"

吃着美味佳肴,我们这些晚辈和姑姑姑父一起感叹:现在生活多好啊!想吃啥都能吃到,这要是放在四十多年前,想也不敢想!别说去饭店、下馆子了,那时能吃饱饭就不错了!

正吃得高兴,姑姑突然问我:"翼儿,你记不记得有一年夏天,我把吃完西瓜攒的西瓜籽放在门外晾,结果被人偷走了,我哇地大哭起来!"姑姑说的旧事我一点儿也没有印象,但当年,我们嗑的西瓜籽、南瓜籽,的确都是家里吃完西瓜和南瓜后,把里面的籽积攒后自己晾晒,然后炒了的。即使葵花籽,也是自己种的葵花结的籽。所以瓜子也是紧俏商品,还得过年凭户口本配给。我们小时候物资匮乏的现象,现在的年轻人简直难以想象。

在我童年、少年的印象里,我从来也没有吃过饱饭。饿是我最深的印象,也是最深的感受。那种胃里没东西光蠕动的感觉,让人坐立不安。

20世纪六七十年代,食品大多都要凭票或凭户口本供应,比如每个月,每家半斤菜油;大米男人三十斤,女人二十七斤,小孩更少;猪肉每家一斤;鸡蛋每家一斤……过年才有芝麻酱,每家二两;瓜子,每家半斤……那时我因为还小,具体的数字可能记得不太准确,但应该差不多。

父亲的饭量大,所以尽管四口人中三个是女的,其中两个还是小学生,但我家的米还是总也不够吃。不得已,父亲隔段时间就要去近郊的农民那里买一点儿高价米。好像是十元三十斤。当年的米价一斤才一毛五一毛六。那个年代,私下交易是投机倒把行为,被抓住是要劳改的,所以父亲都是和农民讲好,晚上到哪个桥下接头,一手交钱一手交米,像搞地下工作一样。所以我能活到今天、长这么高,真的不容易。

我记忆最深刻的是,春节凭本供应的那二两芝麻酱是散装零打的,装在一个稍大的玻璃瓶里,薄薄地沉在瓶子底部。妈妈一直舍不得打开瓶子取出来吃。每天,看着碗柜上一堆瓶瓶罐罐里那只在我看来是最耀眼的芝麻酱瓶,我直咽口水。直到有一天,我看着瓶子里芝麻酱上浮着一层油,我偷偷地拿了一根筷子戳进去,下面的芝麻酱硬邦邦的,我的心一哆嗦。晚上妈妈下班一回到家,我就赶紧向妈妈报告我的发现:"妈妈,芝麻酱坏了!"妈妈赶紧打开瓶子,用小汤匙用力挖了一勺放碗里,倒了一点儿凉白开,加了几粒盐,朝一个方向使劲儿搅,碗底就有了一坨香喷喷的芝麻酱了!妈妈拿筷子尖沾上芝麻酱,往我和妹妹的嘴里各放了一点儿,说:"明天早饭再给你们吃。"我和妹妹使劲儿哏着芝麻酱,真香啊!

那时候,我们的早饭很简单:泡饭,酱菜。由于上午要上三节课,这点儿早饭根本撑不到放学,所以泡饭盛碗里后,还会加一小勺熬好的猪油,最多再加点儿盐或者酱油,拌匀了吃。那时候我们家家户户好像都吃这样的早饭。但加了猪油的早饭还是不管饱,每次上课到第三节时,我总是饿得在座位上扭来扭去,用手使劲儿抵压胃部也没用。

所以,当妈妈说第二天早饭有芝麻酱吃,我和妹妹简直兴奋得恨不得现在就是第二天早上才好!

有一天,我看到邻居在炒蚕豆,我一直站在边上看着她把蚕豆炒熟。那种炒货的香诱惑着我根本就不想走开。邻居爱怜地给了我几粒蚕豆,我还没等豆子完全晾凉,就迫不及待地吃了起来,那种脆香、甘甜,是我这辈子吃过的最香的炒蚕豆!然后,我急急忙忙回到家,在装粮食的罐子堆里翻找,居然找到了生蚕豆!我赶紧打开煤球炉生火,然后放上炒菜的铁锅,倒入一些蚕豆,炒了起来。可能煤炉刚生的火不够大,豆子炒得很慢。这时,一个小伙伴来到家里,拉我去岳坟(今岳庙)买东西。我家离岳坟大约一公里,小孩子没概念,想着回来豆子就熟了,于是就锁上门和小伙伴出门了。

等回来还没到家,远远地就看见那么多邻居都围在我家厨房窗户前。那是老式木砖结构两层简易楼房,我家住一层。我走近窗户一看,锅已经烧得通红,直冒青烟。我赶紧打开门锁,冲进去,一把就把锅从炉子上端了下来。它是两只耳朵那种铁锅,我的十个手指肚立刻"滋——"的一声,通通烫出了大泡!

在邻居们的议论、关心、担心声中，一个阿姨带我到附近的医院看烫伤的手。我的十根手指被涂上了烫伤膏，缠满了纱布。阿姨问我："你怎么跟你妈妈说啊？"因为妈妈对我们两姐妹的严厉，在浙大附中教职工宿舍大院是出了名的。我说："妈妈回来我就把纱布都摘了，不让妈妈发现。"阿姨说："那怎么行啊！要感染的。要不我和你妈妈说，叫她不要再说你了。"

晚上妈妈下班回来，这位阿姨果然这么做了，妈妈第一次没有在我做错事后数落我，而是抓起我的小手，仔细看着上面布满的大水泡，还问我疼不疼。我忍着痛说，不疼。现在想来，妈妈当时一定也非常心疼。

当年因为食物短缺，每家都会在一楼的空地种一些农作物，比如南瓜、向日葵、玉米等。我家门前搭了架子，种着丝瓜，隔壁邻居在门前的空地种了南瓜。南瓜终于结了果实了，邻居跑到地里仔仔细细地数了个遍，记住结了多少个瓜。

收获的时节马上就要到了。

一天，邻居突然怒气冲冲地和父亲吵架，妈妈下班回家见状，赶紧劝架。但最后不知怎么的，邻居又和妈妈吵了起来。原来邻居家最大的一个南瓜不见了，他认为是我父亲偷的，父亲和妈妈力证清白，还拉上我和妹妹，让我俩告诉邻居，这两天我们家里有没有南瓜，有没有吃过南瓜。小孩子不会说谎，没有自然就是没有。一场风波终于平息下去了，但我们家和邻居从此老死不相往来，见面连招呼也不打了。要知道，邻居和父亲不仅是同乡，还是同一个宗亲，但一只南瓜，让他们恩断义绝了。

我至今也想象不出来，这个南瓜到底是谁偷的。我们宿舍大院都是浙大附中的教师、职工以及家属，素质应该比较高，怎么会行鸡鸣狗盗之事？应该是外边进来的小偷的可能性比较大。我们这个教职工宿舍大院尽管是个院子，但不像现在有封闭式管理，也没有围墙啥的，外面人进来易如反掌。

我妈妈因为身体不好，每天必须保证一个鸡蛋来补充营养。而当年鸡蛋是凭票供应的，根本不够吃，所以我们院子里几乎家家都养母鸡,等着下蛋。我家也不例外。我因此也学会了每天用手指探母鸡的肛门检查有没有蛋。

一天夜里,父亲听见门口鸡窝有动静,赶紧起床出门查看,还是晚了,鸡窝门大开,两只正在下蛋的母鸡被偷走了!气得父亲连着好几天骂娘。要知道那可是我妈妈的救命鸡啊!我从此也对小偷深恶痛绝,甚至一度认为他们是世界上最可恶的坏人,比战场上的敌人还坏。

席间,表弟还讲起吃不饱饭的往事。表弟家在农村,有时饿得实在不行了,就和几个小伙伴到公社的粮仓去偷米粉吃(我们浙江的一种吃食,用米磨成面烫熟了压成粉丝那样的形状)。公社的粮仓有围墙,大门有铁锁,大家进不去,但墙下有一个狗洞。表弟因为年纪小,个子小,就从狗洞里爬了进去,看到堆在屋里刚做好的米粉,扑上去抓起一块就吃。一块米粉有一斤的样子,一个六七岁的孩子一下子就把它吃到肚子里了,还不觉得肚子胀,可见是饿惨了。

从那个年代过来的人,经受过苦难和艰辛,所以我们都十分懂得珍惜和感恩。是改革开放,让我们摆脱了穷困,让我们看到了外面的世界,让我们过上了有尊严的生活。

(原载《文艺报》2018 年 9 月 14 日)

同学沈宽阔

张　暄

这些年，每年都要和沈宽阔见一两次面，通常是他来找我。每次见我，他都有些许不安，总觉得打扰了我。我劝他不必有这样的顾虑，因为我不是那种时间宝贵到不能随便见人的人，他不来找我，自有别人会来找我。何况，和他聊天并不乏味。见我这么说，他说好，那我以后把见你的次数从每年一次扩展为两次，然后神情中显出心满意足又无比感激的样子。

我们是高中同学，高二分科后到一个班的。上了高三，他就离开学校当兵走了，所以，我们只真正同过一年学。他脸色苍白，脸形棱角分明且分明到过分的程度，这种面容让我有所畏惧，所以到一个班后很长时间，我们并未靠近。直到他知道我的一个堂姐嫁到了他们村，他才以此为媒介，和我主动说起话来。那年是中国首次实行村委换届选举，他兴致勃勃、滔滔不绝地向我讲述他们村派性斗争的波诡云谲与惊心动魄，而我似乎没有什么兴味，只是我不好意思打断他。但这次谈话后，我们毕竟熟悉起来了。

好多次，因为食堂的饭太糟糕，我们一起到外面的路边摊上买饭吃。吃完饭，我们会争着付账，如今想起来，这是我们当初友谊最直接的明证。

高二后期，他喜欢上了班里一个姑娘。而另一个男同学，也喜欢上这个姑娘，于是两个人争风吃醋起来。他们三人之间的过节，我们局外人不大清楚，只知道，终于有一天，他们两个男人发生了大的争执，彼此动了手，随后，沈宽阔就辍学走了。

一天晚自习，大家学习的学习，说话的说话，走神的走神。突然，教室里冲进来一个人，手持一根约莫二尺长的铁棍，以极快的速度跑到教室后方，朝一个男同学挥棍打去。惊诧之中，我们这才看清冲进来的人是沈宽阔，被打的人是他的情敌。不知是那个男同学躲得及时，还是沈宽阔原本就是想吓唬他一下，反正铁棍只是在课桌上空晃动了几下，他又以极快的速度沿原路跑出了教室。不仅那个男同学，周围的几个人都受到惊吓，但没有人受到伤害。整个过程似乎只是一瞬，大家这才反应过来，几乎所有男同学都追了出去，从他们喊叫的声音，似乎是捉拿凶手的节奏。我也追了出去，直到看到沈宽阔终于以领先所有人的速度冲出学校大门消失在夜色中，我才松了一口气。

这也可证明他的身体素质。反正，到了冬季，突然得知他要当兵去了。送兵的那天晚上，我们不知怎么获得了这个消息，几个和他关系不错的同学专程跑到新兵集合地看望他。夜色苍茫，大院里人头攒动，他在人群中严肃、惶然，脸色似乎更加苍白。他穿着军装站在队伍中走向了他可见的人生，而我们在高三的学习高压中对未来还茫不可知，所以那一刻，我不知该羡慕他还是同情他。

我终于还是上了大学，他不知道如何打听到了我的地址，给我来了封信,信里说了他在部队服役的一些近况。他是武警,集训结束后被分配在了某公安局看守所。他向我描述了晚上执勤时的一些情景,我依稀记得他渲染了看守所里那种阴森的气氛。他说他能看见各式犯人,还有女犯人。后来我做了警察,也常常去看守所送人、提讯,看到门口荷枪挺立的武警战士,我常常想到当年的沈宽阔。

但我们一直没取得什么实质性联系。直到我结婚,他从我堂姐那里获知了消息,不请而来参加我的婚礼。他的到来让我意外,但我毕竟是婚礼的主角,忙得一塌糊涂,也顾不上和他多说几句话。

2002年,我们公安局成立交通管理科,要在社会上公开招纳一批协勤,退伍战士优先。交通管理科,是为最终成立交警大队做准备。看到公告,沈宽阔报了名。这个事情当时搞得沸沸扬扬,因为根据先前的经验,在交警部门做协勤,虽然是临时工,但较之其他单位的临时工,不是一个概念。警服这玩意儿很神奇,再脏再皱再不合身,总有人能从中看出威严的意味。

沈宽阔找了我,我人微言轻,对这件事情,根本帮他说不上话。但我根据传言和掌握的情况,告诉他公开应聘走那些考试面试等程序并不靠谱,他得像别人那样找个所谓的"关系"帮他说句话。他这才慌了,赶紧找人,据说也找了一个听起来大致像样的领导。但在领导给他打招呼前,招纳的人员已经定了。所以,他最终没能如愿。

他不甘寂寞,随后,参加了村干部竞选,并争得一个村委委员的职位。不管这个职位对他的生活是否顶个屁用,我还是为他高兴。不久,我到他们邻村破一桩案子,乘这个机会,我带几个同事去他家看他。他吃惊且高兴,赶紧拿酒招待我们。老白汾十年陈,在当年算是好酒了。但当时假酒盛行,我和同事都表示了我们的担心,劝他拿玻璃瓶汾酒就行。他执意要我们喝老白汾,迅速拧开了瓶盖,让生米煮成熟饭,以表明他的盛情和诚意。于是我们就怀着担心迟迟疑疑地喝,到底还是喝到了假酒。未及离开他家,我们就在门口吐了起来。

四年后,交警大队终于成立,倒是我来到了他曾经梦寐以求说不定仍在梦寐以求的交警队任职,拟被任命为办公室主任。他听说后,专门来大队看我。成立之初,我们在一个单面二层小楼里办公,条件非常简陋,我和一个同事合用一间办公室。办公室墙上,挂了两块版面,一块是《办公室岗位职责》,一块是《办公室主任岗位职责》。当时我手头忙了点儿事情,留他一个人在办公室坐着。我回来后,他压着声音带着神秘对我说,他逐条看了那些岗位职责的每一行文字,据此分析和判定我即将或者已经拥有的权力。

　　他说这些话时,我异常惭愧。且别说我还没被正式任命为办公室主任,即使被任命了,文字和实际毕竟是两回事。但我仍然被他的兴奋所蛊惑,在他走后,把那两块自挂上后从没在意过的版面浏览了一下,并用他的目光去分析了一些字面意思,居然从冷冰冰的文字中也读出一些味道来,像他替我兴奋一样也虚幻地替自己兴奋了一把。

　　随后他又来找我。这次来,还真有事,是来替他一个跑大车的朋友牵线的,期望以后能得到我们单位的某些照顾。对这种事,我一点儿底都没有。但他期冀的眼神和连声的恭维不容我拒绝,只好权且答应了。

　　正如我的担心,后来我才知道,我对他、对他的朋友而言,一点儿屁用都没有。我觉得出于朋友之道,得向他道明,否则于我是折磨,于他们是误导和耽搁。但自尊心又不容许我说实话,而这种自尊心恰恰来自于他对我权力的虚高,我愿意维护这种虚高不在他心中破灭。只好找了个借口,说我的一个亲戚也在跑车,而且是近亲戚,我只能先照顾这头,凭我目前的能力,无法顾及其余,劝他告诉他的朋友另请高明。他表示理解,这个事情就这么解决了。我松了一口气,但感觉还是有点儿辜负他。

　　2008年,我出了我的第一本散文集。第一次出书很兴奋,巴不得把书送给每一个熟识的人。一天晚上,他来我家,我自然迫不及待要送书给他。他接过书,随便翻阅了两下,脸上并没有我期待的那种我准备欣然接受的赞誉和惊讶。而且,从他的神情,我感觉他差点儿没说出来,写作顶个屁用,你好好做你的官好了。过了一会儿,他果然压抑不住,说出了这层意思。我只好打着哈哈说两手抓两不误。后来,两个人的对话都变得游离和敷衍。所以我的第二本书出来,就没有送他。

这期间偶尔的几次接触,让我了解到,除了担任村里的那个小职务,他还在邻村一个煤矿打了一份零工。对于这份零工,他说挣的是"窍钱",似乎每天只要去点个卯,不怎么干活,一年就能挣两三万块钱。他还在他原先想请我帮忙的那个朋友那里入了点儿股,一年也有些收入。总之,生活很是过得去。

因为这个原因,我朝他借了一次钱。这一年,我像许多人一样,开始进入股市。起初行情不错,挣了些小钱,就计划加大投资,但手头没有闲钱,便和他开口说借两万块钱用用,他欣然应允。我没有直接说用钱做什么,只说家里有点儿事。取钱时,他说,对了,为了前途,你就该多跑跑多送送。看来,他是想当然地从他对我的期望出发来理解我借钱的用途了。

炒股终究是赔了钱,但不妨碍我把这两万块钱还上。之后很长一段时间,我们再未见面。一天晚上,他突然打来一个电话,言语仓促急迫,还夹杂了些恐惧。他说,村里又选举,他用手机录了一段视频攻击他的对手放到网上,被对方告到了派出所,派出所已经传唤他到案,从警察对他的训斥,他担心自己也许会被"判刑",所以抽个空当出来给我打个电话,让我要想尽一切办法把他给"捞"出来。他说,他家里有十万存款,临行时他已告诉妻子,让把这笔钱给我,作为我"捞"人的费用,公检法,需要打点哪家就打点哪家,并郑重让我记下了他妻子的手机号码。我大致问了他视频的内容,根据经验判断说不是什么大事。他对我这种认识不以为然,也许是担心我不诚心帮他,所以在那头不住地说些拜托、务必之类的话。我感觉到他曲解了我的意思,赶紧满口答应。他嘱咐我尽快和他妻子联系取钱,我也只好应允。

我侧面和派出所的人打听了一下这件事情,似乎没什么大碍,便给他妻子去了一个电话,告知她我了解到的一些情况,说我会根据事态发展再做下步决定。果然不出我所料，他只是领了一通批评教育便被放了出来。

以我多年对他的了解，他对政法部门特别敬畏。政法部门，只是我此刻的说法，用他的话，叫"你们戴大盖帽的"。他总是艳羡我此生做了警察，当年他想进交警队当协勤想必就是出于此初衷。偶尔他会问我一些同学的近况，我说谁谁上副处了，谁谁挣大钱了，他都表示不屑一顾，似乎他们都不能和我相提并论、同日而语。之前，他还向我表达过他依旧想来我们单位做一名协勤的愿望。以我对协勤状况的真实了解，告诉他干这个其实没多大意思，工资不高，还忙得一塌糊涂，既不能顾家，也不能养家。他迅疾反驳了我的看法，说我是领导，高高在上，根本不了解实际情况。他说，那可是"一摆手，就是钱"。我觉得此话不值辩驳，就岔开了话题。他说，如果我有能力，就帮他办进来，花十万八万也可以。说实话，我觉得自己似乎可以尝试帮他办这个事情，成不成不好说，但打心底知道他认识之偏颇，就没接他的话茬。而他总是个知趣的人，也没有就这个话题纠缠下去，也许他依旧认为我尚不具备这个能力。

我要买房子，还差一点儿钱，于是又给他打了电话。这次，我借的数字是三万，他满口答应。我说我去取，他非要亲自将钱给我送来。第二天午饭时分，他打电话问我在哪里，我让他到家里来。进来后，我张罗给他弄饭，他说刚在外面吃过，并示意我看他嘴唇上刚吃过饭的印迹。我知道他愈如此表述，愈证明他并没有吃过，他只是像往常一样怕麻烦我罢了。心照不宣，我就没再坚持，哪怕锅里还剩着饭。他除了带了三万块钱，还给我带了条烟。他说，他现在在炒股，炒得如火如荼、欣欣向荣，刚把一笔钱放进股市，要不借我五万十万都不是问题。我想起我上次借他钱其实也是炒股，就在心里笑了。他稍坐一会儿就走了，怕影响我睡午觉。

我儿子"开锁"（我们当地一种"成人礼"），要宴请宾客，便邀请了我认为比较亲密的几个同学。其他同学纷纷到场，唯独他没来，我也不以为意。宴请结束，赫然在账本上看到他上了一笔厚礼。我问记账的人，记账的人说这个人上过礼就走了，并劝他不要声张告诉我。我明白，他和我们其他同学一直没有联系，当年那般尴尬离校以及此后的那起轰动性事件也许阻滞了他与同学们的交流，只我是一个例外。其实很长时间我都很好奇，他当年以及此后是否真的喜欢那个并不漂亮的女生。还有，他挥着铁棍冲进教室到底是为了吓唬那个男生，还是怨气之下计算周密但最终失手的报复？当然，我始终没有问出来，怕伤他自尊。

　　一天傍晚，我正在学校门口接孩子，他打来一个电话，说他父亲身上发现肿瘤，要做核磁，但排队已经排到了第三天。他知道我姐姐在医院工作，想请我帮忙看能不能把时间提前些，他一再解释，他实在是走投无路才给我打这个电话，否则真是不想麻烦我。我当即给姐姐打了电话，姐姐虽然知道此事的复杂与麻烦，仍是愉快地答应了，不仅冲着我的面子，还因为她几次听父母提过，"宽阔这个孩子真不错"。比如有一次，父母去堂姐家，回来时坐公交车需要到村口，他们麻烦沈宽阔送一下，他到了村口没停，直接驱车二十公里把父母送到了家门口。

　　某天傍晚，我正要去单位值班，他打来电话，说要找我坐坐。我说你干脆到我办公室吧。这次，他给我带了一条高档烟，几乎最高档的那种。我说大可不必，并展示我经常抽的七块半一盒的"红塔山"给他看。我指着他的烟说，这么好的烟，抽了可惜。他不可理解我为何抽如此低档的香烟，从他的惊异，似乎这种烟根本配不上他理解的"我的身份"。我问了他父亲一些近况，无非是确诊、转院、治疗等情况。之前我给他去过一次电话，他说他正在陪父亲在公园溜达。我怕不方便，没敢多问。果然，他百般权衡，放弃了手术，他只想在父亲弥留的日子里尽可能减少疼痛，并享受天伦之乐。只要天气好，几乎每天，他都陪父亲在公园转转。他说他好珍惜与父亲在一块儿的日子。

　　这次，他还聊到他的股票。起初他投资四十万，前段时间飙升到一百二十万，后来又跌到八十万，他果断清仓，用挣来的钱在城里买了套房子，我既替他惋惜，又为他高兴。

过了几个月，收到他父亲去世的报丧电话。出殡前一天，我专程跑到他们村奔丧。我知道，我必须去，不仅为着我们之间的情谊，更为着他的面子。我知道他应该预料到我一准会去，可我真的出现，仍是让他激动，那是整场丧事中最繁忙的阶段，疲惫掩盖了他的悲伤。他让我大致熟悉的几个人陪我，我掏出一沓礼金给他，数额与当年他给我儿子"开锁"上的礼相当。他并没有直接装起，对着些许人，他要他一个朋友送到账房，并嘱咐要记清。过了一会儿，那个人拿着账本过来示意我记清楚了。我笑笑，我明白这种煞有介事，他需要我的名字和这个数字在账本上出现。

　　又过了几个月，一次上班时分，他来单位看我，这次没事先打招呼，直接敲门进来。这是这么多年来我们聊天最长的一次。他先从父亲聊起，说庆幸自己选择正确，如果做手术，可能会多活半年一年，但那将是从头至尾痛苦的一段时间。事实上，他父亲走得很安详，连他准备好的杜冷丁都没用上。从生病住院到最后父亲撒手人世，他始终陪伴在侧。我这才知道，他父亲做过村里的主干，难怪当年在学校时他就和我讲述村里斗争的复杂情形，包括他后来屡次竞选，可能都源于父亲的影响。

　　他说，他找人看过，他并没有"官运"，所以后来果断放弃村里那些明争暗斗。从"官运"聊到"财运"，他倒是有点儿财运的人，但只有"小"财，没有"大"财，而且，都是"偏"财。所谓偏财，就是股票、彩票之类的。他讲了很久之前彩票刚刚兴起时自己的一次经历，他准备了三十一个纸团，上书三十一个数字。然后，他在财神像前烧香祈祷，每祈祷一次，选一个数字，这样选了六个数字，再加上他的某个每次必选的幸运数字，按顺序排成一组。他左右端详，觉得有个数字不顺眼，就换了一个，然后，照这组数字填了一支彩票。开奖后，他傻了眼，如果不换那个他认为不顺眼的数字，他果真中了头奖。他说，这就叫财神给你钱你都得不着。从这个经验，他得出自己此生也只会有些"小"财。我说你股票挣那么多，还叫小财吗？他说缩水一半才抛出，可见仍是小财。不过，他并不惋惜他的几次"失手"，他说，小财运的人得大财，反倒"伏不住",会遭遇其他厄运。他能这么"辩证"地解释自己,解释命运,我很高兴。

他摸摸我的耳垂,说我是既有官运又有财运的人。我听着高兴,仍是不大相信。他又看看我的手相,相以佐证,表示了肯定。看着我还不大信,他又列举了几位中央领导人的耳垂,那是他看电视时观察的重点。总之,他有他的一套理论。我记得十年前,他就摸过我的耳垂,说出过类似的话。他的振振有词,几乎让我相信我也许真的有美妙前景,就兀自高兴了一小会儿。

然后,他又谈到我前段时间获得的一个全国性文学奖项,他是从网上新闻里获知的,本想向我表示祝贺,仍是怕打扰我才作罢。这么多年,他少见地对我这方面取得的成绩表现出了他发自肺腑又溢于言表的高兴,我这才意识到,他其实是一个打骨子里敬畏权威的人。我的所谓成就,终于化作权威的影子,让他认可了我的人生之路。

但他仍告诫我,做官要紧。

他还说,他总是在百度里搜索我的名字,也总能获知我的一些近况和变化,还不厌其烦、兴致勃勃地予以枚举。我说,何必这么麻烦,你直接加我微信好了。他对我愿意和他互加微信表现出受宠若惊的样子。我说,我微信里乱糟糟一堆人,哪多你一个。我翻看他的朋友圈,里面什么都没有,倒也符合他性格中谨小慎微的那个部分。

他融入我朋友圈的海洋里,因为不发微信,我通常想不起有他这么一个人。而但凡我发布关乎我一星半点儿小小成就的信息时,他总会跳出来点一个赞,让我意识到他的存在,有时还让我怔松半天。我突然意识到,就是因为他,还有与他类似的朋友对我人生观的不断修正,终于没让我在他们所认为的"正路"上越滑越远。我不知这于我而言到底是好是坏,我只知道,我确实名正言顺地在某些场合坐到了主席台上,成了他们所期望的那类人。凭我现在的能力,我似乎能让他当一名协勤了,然而,他老了,我也老了。

(原载《山东文学》2018 年第 9 期)

家住浦东

陈　晨

一

二十世纪八十年代初。一个清晨。

天还没有亮透，一抹红霞在云层后面若隐若现。

我跟着父亲，从海边的老家出发，坐车"到上海去"。

老家南汇地处浦东，是上海最东面的郊县，家乡人习惯把去浦西叫做"到上海去"。在浦东方言的语境里，浦西才算是上海。

这是我第一次"到上海去"，第一次赶这么远的路。

"到上海去"的路途极其漫长,先要步行数里,才能乘上到县城的公交车,到了县城再换长途汽车。稀少的班次,缓慢的车速,让出行变得疲惫不堪。在东摇西晃的行进中,我第一次知道了晕车的滋味,一路脸色煞白,昏昏沉沉,胃里翻江倒海,随时可能呕吐。

终于到了终点站东昌路码头,下了长途汽车换轮渡。

虚浮的脚刚刚跨上轮渡,半空传来一声汽笛,巨响,惊雷一般,让人陡然一惊,不由得警惕起来。眼前是茫茫的黄浦江水,黑而浊,散发着极不友好的气味。对岸,一排异国风情的建筑美轮美奂,这是著名的外滩,以前只在书中看到过。

外滩的建筑仪态万方地排列着,似乎并没有向人示威的意思,但那种高贵典雅的气派,莫名地让我感到自卑和疏远。

走进"上海","阿拉阿拉"的话语在耳边飘浮,我觉得自己像一条上了岸的鱼,连呼吸都无法自如。这是浦西人的上海,不是浦东人的上海。我只想快快逃离"上海",回到我的浦东去。

开发开放之前,浦东是一个不受人待见的地方。民间有俗语:"宁要浦西一张床,不要浦东一间房。"在上海滑稽戏里,娶大娘子、吃三黄鸡的浦东人,常常贴着憨厚、落后、木讷、保守的标签。而浦东方言,因迥异于市区的发音,常常遭到嘲笑,一句"轰杜来霞啦"(意为风很大)似乎是浦东人的标志方言,哪位浦西人想要折辱一下在场的浦东人,只要一说这句话,立马就会引来哄然大笑,让面前的浦东人自觉矮了三分。

家住浦东,在当时,是一件令人自卑的事。

二

那时的我,只知道浦西对于浦东的优越感由来已久,浦东浦西的隔阂也由来已久。却不知道,八十年代的上海,城市发展缓慢,居民住房极度紧张,食品供应匮乏。浦西,远没有想象中那样光鲜亮丽,普通百姓的生活条件比家住浦东的我们好不了多少。

当时的上海,正在迫切地等待着一场变革,等待一个发展的机遇。

变革是自上而下的,但远在市郊农村的浦东人,对决策层关于开发开放浦东的决定并不关心。对于未来,我们缺乏足够的想象能力,虽然也有梦想,但梦想的翅膀只敢贴着地面飞行。

一九八九年,我考入佘山脚下的一所高等学校,从上海的东部,穿过市区,来到了上海的西部。从家到学校,单程就要六七个小时,多种交通工具轮番换乘,每一次往返都是在漫长的等候中考验耐心,在一路站立中考验体力。

一次次往返,从市中心穿过,渐渐熟悉了城市的斑马线,熟悉了城市的叫卖声,路边小店的鸭血汤和生煎包轻易地笼络了我,解除了我对城市最初的戒备和敌意。

但我始终无法喜欢轮渡,一心期盼着越江大桥的出现。气势汹汹的汽笛,黑而臭的江水,码头上漫长的等候,蜂拥的过江人流,常常让我与城市刚刚建立的亲密关系土崩瓦解。在焦虑的等待中,我一次次期盼着越江大桥的出现。某次雨后,过江时看到天上悬挂着一道彩虹,我突发奇想:如果能够沿着这个七彩的桥,从浦西滑到浦东,该有多好!

盼望着,盼望着,黄浦江上真的就有了桥。一九九一年十二月一日,一座双塔双索面、迭合梁斜拉桥飞架浦江两岸,她有一个响亮的名字叫南浦大桥。多少市民奔走相告,以迎接头生子般的骄傲和喜悦,跑到董家渡仰望大桥。

一直记得那次跟同学专程跑来看大桥的经历。那时,上南浦大桥桥面观光需要买票,而且票价不菲。我和几个同学纠结了半天,终于还是咬咬牙买了票。直达电梯"倏"地一下,就将我们送上了五十多米高的桥面。

走出电梯仰望,大桥主塔高耸入云,塔上"南浦大桥"四个大字闪闪发亮。桥塔两侧的钢索呈扇形分布,像一根根琴弦,接受着云和风的拨弄。站在桥上远眺,看到黄浦江上船来船往,百舸争流;看到长长的引桥呈螺旋形向上攀升,大桥宛如一条昂首盘旋的巨龙,横卧在黄浦江上;看到浦西密集而陈旧的建筑群,诉说着曾经的繁华和沧桑;看到浦东大片秋收过的农田,心满意足地袒露着,等待来年新一轮的播种。

江风浩荡,吹乱了我们的头发,也吹起了少年人的满腹豪情。一个男同学双手扶着栏杆,忽然大声吟道:"潮平两岸阔,风正一帆悬。"逗得我们开心大笑。

站在桥上,看着大桥一手挽起了浦东,一手挽起了浦西,突然觉得两岸间的隔阂消失了。从那天起,我心里对上海这座城市有了认同和亲近,第一次意识到,上海,也是浦东人的上海。

有了桥梁,就有了联结的媒介,有了沟通的渠道。

之后,黄浦江上的大桥越建越多,杨浦大桥、卢浦大桥、徐浦大桥、奉浦大桥依次排开,再加上一条条越江隧道的建造成功,两岸之间的通行越来越便捷,浦东浦西早已连为一体,时至今日,再也无人认为家住浦东低人一等。

三

一九九五年一月,随着儿子的出生,我们结束了居无定所的状态,搬到浦东张杨路居住。那里属于陆家嘴沿江地区,是最先吹响开发开放浦东号角的地方,也是浦东改革开放的春风最先眷顾的地方。

家住浦东,我们零距离感知着浦东新区开发开放初期蓬勃的生命力,亲眼目睹浦东的建设者们以胆识和气魄谱写着城市的传奇,欣喜地看着儿子与崭新的浦东新区一起成长。我们在浦东前后居住了十五年。十五年弹指一挥间,儿子从襁褓里的婴儿,长成了翩翩少年,浦东新区从尘土飞扬的大工地,变成洁净优美、高度发达的现代化城区。

一九九五年的浦东,到处是建筑工地,到处是挖开的道路,到处是机器的喧闹。有时到了深夜,还会有打桩的声音从远处传来,划破夜的宁静。

初为人母的我，手忙脚乱地应付着新生的儿子，无暇关心那些轰隆作响、日夜施工的工地到底在建造什么。常常会在不经意间蓦然发现，很多建筑工地，前一天还被临时围墙包得严严实实，第二天突然就拆除了围墙，一幢摆满鲜花的新大楼俏生生地耸立在眼前。浦东的激情，浦东的速度，催促着一幢幢摩天大楼拔地而起，城市面貌日新月异，处处生机勃勃，处处欣欣向荣。没有几年工夫，陆家嘴地区就建起了一个全世界瞩目的国际金融贸易中心，很多世界知名的大财团纷纷来此落户，数以亿万计的财富在此汇集，撬动着浦东开发飞速发展的车轮。

一九九五年七月，儿子六个月大的时候，我带着儿子去看启用不久的东方明珠电视塔。指着那大大小小的圆球，我一遍遍地告诉儿子"这是东方明珠"。儿子瞪着漆黑的大眼睛，似懂非懂地看着这个新奇的建筑，兴奋又好奇。此后，东方明珠作为上海新一代的地标，频繁地出现在报刊上。对东方明珠的辨识成了儿子牙牙学语时的重要科目，每见"明珠"，儿子都会眼睛一亮，小手一指，奶声奶气地念"东方明珠"。

一九九五年十二月，离我家不到一百米的地方，中日合资的上海八佰伴开张营业。开业第一天，八佰伴人山人海，以一百零七万的当日客流量创造了世界纪录。极度的喧嚣过后，八佰伴渐渐安静下来，宽敞明亮的店堂，时尚现代的布置，品质不凡的商品，让逛商场成为有别于以往"买东西"的休闲享受。

儿子那时刚满十一个月，正在蹒跚学步，还不会独立行走，但小小的人儿主意很大，喜欢攥着大人的手指头，拉着大人走到东走到西。去过一次八佰伴后，他就爱上了那个地方，隔三岔五就要指挥着大人带他前去。八佰伴开阔的店堂，光滑如镜的地砖，常常会激发他独立行走的兴致。他会突然甩开大人的手，要自己一个人走，无奈心力充足敌不过脚下无力，加上尚未掌握平衡技巧，常常摇摇晃晃没走几步，就一个趔趄摔倒在地。猝然倒地后，他不哭不闹，只是扁扁小嘴，好像对自己为何摔倒略有些纳闷，然后爬起来继续走。

一九九九年，儿子四岁时，中国大陆第一高楼——金茂大厦在陆家嘴落成，八十八层楼、四百三十米高，这在当时是一个让人瞠目结舌的高度。

金茂大厦这个大陆第一高楼的记录仅保持了四年，二〇〇三年，就被四百九十二米的环球金融中心大厦夺去了第一。十三年后，二〇一六年三月，大楼的新高度又被总高六百三十二米的上海中心大厦超越。没有最高，只有更高。那些不断刷新的高度，是建设者们面向天空一次次挑战极限创造的奇迹。

这三幢大楼比邻而居，像三个亲密的兄弟，矗立在陆家嘴，成了上海的地标性建筑，吸引着全世界的目光。因其形似注射器、开瓶器和打蛋器，南来北往的游客亲切地把它们称为"厨房三件套"。

新建的大楼一幢比一幢高，城市在长高，儿子也在一年年长高。城里没有山，高楼就是我们的山。登高，征服不了天，但可以与天空对话；望远，无法穷尽最远的远方，但可以看见自己的渺小。我带着儿子一次次登上不断更迭的城市之巅，从高处俯瞰城市，看白云在玻璃窗前悠然飘过，看黄浦江蜿蜒东去，看高楼大厦春笋般林立，看街上行人熙熙攘攘。对岸，古老的外滩在一湾江水的环抱中仪态万方，那是上海的过去。脚下，蓝色的玻璃幕墙映照着阳光，一切都是崭新的，一切都是亮闪闪的，一切都是刚刚开始，一切都充满了希望，这是上海的今天和未来。

在浦东生活的十多年间，浦东发生了翻天覆地的变化，很多大事件都已载入史册，很多建设者也成为彪炳千秋的功臣。家住浦东，能够亲历一段轰轰烈烈的历史，见证一座城市的大发展，并因城市的发展而获益，何其自豪，又何其有幸！

四

二〇一〇年，上海世博会开幕前夕，我离开生活了十五年的浦东，搬到静安区居住。新家离静安寺很近，站在窗前，看得见静安寺金色的寺顶。

有人告诉我，把一张上海地图对折再对折，最中心的这个点，就是静安寺。我没有亲手折地图验证过，但我知道，我从浦东的海边，一路走来，不知不觉，就走到了城市的中心。三十年前这可能还有些励志的意义，时至今日，浦东以她的大发展告诉世人，市中心并不一定优于浦东，不必志得意满，也不必沾沾自喜。

我常常会沿着记忆的轨道，想起家住浦东的岁月，怀念那些尘土飞扬的工地，怀念那个简陋而温暖的小家。

有时，我会跑到外滩，望着对岸的陆家嘴发呆。二〇一四年初夏，我在外滩执勤时，突然眼睛充血，灼痛难当。同事分析说，对岸的大楼都是玻璃幕墙，阳光反射，导致眼睛毛细血管爆裂。只有我自己知道，导致眼疾的病因，还是因为对岸总也让我看不够。看不够的还有黄浦江，四十年前，谁会想得到，经过治理后的黄浦江可以清得照见建筑的倒影。

我也会经常乘坐地铁，从浦西回到浦东，跟父母团聚。

这些年，老家南汇发生了翻天覆地的变化。二〇〇二年，南汇撤县建区。二〇〇九年五月，南汇区被撤销，并入浦东新区。二〇一〇年，老家的房子动迁，我的父母离开祖祖辈辈休养生息的土地，搬迁到原来的区政府所在地惠南镇生活。

刚刚搬到城里时，父母很不适应，老妈千方百计去附近搜寻空地，想方设法种上几株青菜、栽上几把小葱。老爸几乎天天都要乘着公交车回到老家附近，找那些没有动迁的乡邻一起打牌、闲聊。

渐渐地，父母体会到了城市带来的便利，喜欢上了安逸的城市生活，便也安安心心做起了城里人。他们像移植到城里的植物，适应了新的环境，慢慢地扎下根来。闲聊时，老妈对我说："你外公外婆这一辈人，一世劳苦，没有见过外面的世界，没有享过福。我们这一辈，上半辈子做农民辛苦劳碌，下半辈子时来运转，有养老金，有医疗保障，也该知足了。"

二〇一三年年底，地铁十六号线正式开通，地铁惠南站距离父母家仅有四百多米。三十多年前，我从海边的老家"到上海去"，需要大半天的时间，如今，只要一个多小时，我就能从城市的中心，到达父母身边，便捷的交通缩短了亲情的距离。

每年春天，桃花盛开的季节，我和妹妹都会开着车，陪老爸老妈回到我们生活过的地方，去踏踏青，看看桃花，看看东海。

老家的房子被拆除后，起初还能看得见原址的痕迹，后来，老房子的痕迹被一点一点抹去。再后来，整个动迁过的村庄经过了土地平整，成了现代化的农业基地。村庄最终踪迹全无，似乎从来没有存在过。

故地重游，看到的只有大片大片的农田，一眼望不到边。我们生活过的土地上，青青的禾苗正在无忧无虑地生长。

老家回不去了，过去的生活已无从寻觅，曾经散落在村庄里的欢声笑语被风越吹越远了。父亲弯腰拔起一棵禾苗，久久不说话，不知道想起了什么。

每次回去，父母都神情黯然，颇为失落，但他们的惆怅常常稍纵即逝。毕竟，现在的生活，是他们四十年前想都没有想过的。

而且，经过了这四十年的沧桑巨变，他们看见了沧海变良田，乡村变城市，看见了农民成市民，田园成公园，看见了无数的奇迹在身边实现，所以，他们相信，未来还会有无限的可能，未来会越来越好。

（原载《中国文化报》2018 年 9 月 11 日）

抵 达

韩秀媛

初冬的夜里,窗户被风吹得呼呼响。老邹睡不着觉了,他转到书房,从书柜里拎出一捆笔记本,抽出最下面的一本,在台灯下翻看起来。

那些笔记本是他 37 年的从警日记,是他全部的工作经历,也记录着他的大半个人生轨迹。

"1981 年 1 月 4 日,大雪。我们顶着风雪,踩着大雪壳子,沿着铁道线走了很久。穿过一大片乱蓬蓬的柳树茅子后,看到雪地上有一抹红,很刺眼。"

这是老邹成为警察后的第一本日记,纸张泛黄,字迹浸洇,红色本皮依然散发着塑料的味道,这让他觉得,37 年前第一次抵达命案现场的情景还在眼前。那时,他刚刚 24 岁,大家都叫他"小邹"。

"穿红色羽绒服的年轻女人仰面倒在雪地上，冻僵的双手深深地抠进雪地里，仿佛要抓住什么，又什么都没抓住。不远处，有一块沾着血迹的石块和一串插向树林深处的脚印。"

小邹呆住了，但很快又回过神来。他还记得，在他第一天穿上警服时，父亲什么都没说，只是意味深长地笑着，朝他肩膀使劲儿地擂了一拳。那一刻，小邹长大了。

"我们轮流扛着尸体往回走，僵硬的尸体硌得肩膀生疼，女人头发上的雪块滑进我的脖领，透骨的寒冷让人瑟瑟发抖。很快，跋涉的疲惫赶走了恐惧。"

老邹摘下眼镜，透过窗子望着不远处的灯光。退休后，他就像一台正常运转的机器，突然被闲置起来，有一段时期是彷徨的。

夜色，有些沉重，要下雪了。

"她从哪里来，要到哪里去？"女人的身份成为一个谜。

技术民警在女人兜角发现一张被洗成一小团的电影票。凭借着这个线索，小邹和战友们辗转两省多日，费尽周折地抓捕到杀死女人的凶手。

恨源于爱，杀机始于纠缠。

老邹还记得，那个高大帅气的男人在被执行死刑前，让他转告妻子尽快改嫁时的绝望眼神。不晚吗？千百句忏悔的语言也难以让这个罪恶的灵魂抵达彼岸。

欲望是前进的催化剂，有时，欲望有毒，让人恶念丛生。那些案件，让老邹看到了在各种欲望支配下的狰狞人性。与那些欲望逆行，便还原了一个又一个真相。

那根捆笔记本的塑料绳垂在桌边，这让他想起和绳子有关的一起命案。

1997年，已经成为刑警中队中队长的小邹步入了不惑之年，成了刑警队的中坚力量。

那本日记的字迹不多，有些潦草，是在工作间隙记的几笔。他一下就翻到那件少女被杀的案件，发生在那年冰天雪地的隆冬。

"1997年12月20日,阴。失踪的13岁少女。荒野。一只棉鞋。丢弃的自行车。稻田地。水井。食杂店。糖果。归乡的中年男人。"

这些片断的词语并不能阻挡老邹脑中连贯的回忆,毕竟,那起案件让他再一次验证了细节决定成败的道理。

"1997年的最后一天,一边审讯,一边输液。那个奸杀13岁少女的男人终于低下了丑陋的头颅。脑海中突然蹦出一个念头,让他用绳子再系一个勒死少女的绳扣。"

让老邹意想不到的是,在他面前很快交代罪行的嫌疑人,在法庭上翻供了。恰恰正是那张特殊绳扣系法的照片,成为法庭定死罪的铁证。注重证据,不留尾巴,将大大小小的刑事案件都办成铁案,是老邹的办案原则。

老邹打开窗户,一股冷风吹来,几片雪花飘了进来,化了。

谁都是这个世界的迷路者,按照自己认定的道路寻找方向,也许是对的,也许是错的;或者有时候对了,有时候错了。而公安民警就是一团火焰,照亮道路,让人迷途知返。

老邹49岁时,当上了特警支队支队长。这个岗位,让他更加繁忙劳碌了。就在那些年里,在绥化,很多人都知道公安局有个老邹。在无数个危急现场,总能看到老邹那身洗得发白的警用作训服和微驼的背影。汶川支援、抗洪救灾、群体事件,哪里有求助,哪里有危难,哪里就有他和他的民警们。

"当三兄弟将八十多岁的老娘放在又湿又凉的台阶上时,我想起了我那早逝的、可怜的娘。我喊了一声:'娘,跟我回家!'我忍着腰痛,把老太太背了起来,放到警车里。"

没有了娘,家的半边天就塌了。作为这个家的长子,他得和老爹共同撑起来。正是爱操心、爱管事的习惯,让他无形中为群众多做了许多事,也收获了更多的感激和信任。在他眼中,那些流血的伤口,颤抖的双手,劫后重生的眼神,都是郑重的嘱托,责任感和使命感催促他去保护他们,就像保护自己的亲人不被侵犯。

那些近乎奔跑的岁月里,一名人民警察的职责、正义和善良他都做到了,老邹可以歇一歇了。

那年,在蓬莱的海边,老邹第一次看到了渤海和黄海的交界。

"有时,有一种清,消失在浊里;有一种浊,消失在清中。做到清浊分明,要有大海一样的胸怀。"

2009年,老邹成为市公安局纪委书记。

"那几个焦急的,从县里来的人并没有投诉的意思,他们只想知道,谁能帮助他们找寻消失了一天一夜的单亲妈妈。"

女人失踪当天,没有拿走手机充电器,没有安排别人接放学的孩子,许多迹象表明,她并没有夜不归宿的打算,也许……搞了30年刑事侦查的纪委书记,心里划过一丝不好的预感。

女人失踪前的最后一个电话,是打给一个男人的。男人的通话记录杂乱,在这些手机号码中,老邹发现了一个熟悉的号码。顺着这个手机号码查找,老邹发现了嫌疑人的栖身之所。

当老邹和刑警们打开建筑工地工棚的木门时,男人还在酣睡。男人做梦没有想到,他的罪恶面具就此揭开。

"一个,两个,三个,四个,五个……这个因强奸罪入狱17年的男人,把自家的平房变成了杀戮厂和藏尸场,在出狱后的三年中,报复般杀害了五名女性,连16岁的女中学生都不放过……如果,如果在第一名女性失踪后就发现犯罪,那么,还会有接下来的无辜吗?"

沉重的叹息在暗黑中渐渐散去。黑夜隐藏了一切,包括罪恶和良知,欲念和善良。黑夜却不负责包庇,曙光终要来临。

他仍有梦想,他要把那些无言的痛楚和无奈抛弃在无眠的夜里。

现在,他有更多的时间散步观景,他最喜欢小区里的忍冬树,尽管叶子褪尽,枝头仍有一串串红玛瑙般的果实在阳光下晶莹,严寒和朔风也不能让它枯萎。

老邹打开最上面的一本笔记本,他决定继续整理案件,将那些多年的办案经验传下去。

脱下了警服,却不能抛弃初心,时而,它仍像年轻的鸟儿一样，在风中曼舞，眺望永恒。

更何况，还有远方等待抵达。

注：老邹，本名邹德顺，1957年出生，黑龙江省绥化市北林区人，中共党员。1981年加入公安队伍，历任派出所民警、侦查员、刑警中队中队长、巡警大队大队长、特警支队支队长、公安纪委书记。荣立个人二等功1次、个人三等功3次，荣获全国优秀人民警察、全省优秀人民警察、全省"双十佳"破案能手、全省优秀领导干部、全市侦破命案先进个人、全市优秀共产党员等荣誉称号。

（原载《人民公安报》2018年12月7日）

我的海岛警事录

许 鹏

海岛不是孤岛

于崇明，海岛不是孤岛，绝对不是！

作为新崇明人，作为一名警察，于我，并不是很快就来临的。似乎内心深处早已埋下了这样的种子，有了这样的想法，冥冥中就朝着这个方向，步履蹒跚，如苦行僧，一心低头念佛修行，直到在一个阳光灿烂的日子里，一抬头，才发现，愿望，就在触手可及的眼前。

崇明于我，如警察于我，似乎早已注定，是我人生修行中的一个缘，自始便是为了涅磐，而海岛的一切，自然成了一种弥足珍贵的逆增上缘，一种坚定道心。

海岛有水，却无山。对于从小依山长大的我，对水自然多了些欣喜，但却难以忘怀对山的依恋，更何况处在长江入海之际，置身于江水与海水交融的前奏里，思绪就会如野草般无所顾忌、野蛮生长，那些寂寥的惆怅、无助的苦痛、孤独的遥望，就会趁机一遍遍，叩动着心扉，滋扰着灵魂，让独自舔着伤口的长夜，静静等待着一个又一个天明。

永远记得，刚刚十八岁那年，我便以求学之名，远离了故乡，从西北南下洞庭，后又辗转到上海，在庆幸可以任凭命运随意安排行程的时候，人生的列车毫不犹豫地一路向北，驶向了海岛的站台。崇明隶属于上海区划，但崇明人却习惯用"去上海"、"从上海回来"这样的描述，言语里似乎崇明并不属于上海，或者与上海相距很远。在上海生活了五年，直到在崇明也生活了五年，我已然全然习惯了这样的表述。

从上海的大都市，到海岛广袤的乡村，对于自己这个思想相对守旧却又渴望新奇的80后来说，竭尽全力适应新的开始，有时却又朝三暮四都市的繁华，徒增很多落寞，增添了几分哀愁，这便是初来海岛此情此景的真实写照。海岛，地域广阔，居住分散，人口密度自然很低，出警找不到地方的事情肯定难免，但相对于一时很难听懂的本地方言来说，这些都还算不上困难。

那时，我所在的派出所，民警不到二十人，非崇明籍的就我一人，自然讲普通话的没有第二个。所领导分配工作时，用崇明话讲完，还要再用普通话翻译一遍，没有上下语境，断章取义，与原意大相径庭的窘迫事、糊涂事在我身上就经常发生，也因此闹出了很多笑话。

最让人头疼的，首先是崇明话里的称谓，刚开始的那段时间里，和师父到村里走访，真是有些稀里糊涂。叫"公公"还是"公"，"波娃"和"亲婆"有什么区别，"涅客"和"泥客"哪个是指老公，我都是一头雾水。而最心碎的还不止这些，处警碰见不会讲普通话和听不懂普通话的，真想找个地缝或是立马化作一缕青烟,赶紧消失。记得一次处警一起吵架,现场很多人,一大姐很是激动,拉着我的胳膊,一阵唔哩哇啦、慷慨急辞,在如此激烈的语气里,要捕捉些许只言片语肯定是难事,我只能扮演一个有些精神疾病的角色,笑脸相迎,但傻笑显然在那个随时都有可能干仗的场合里,是极不合时宜的,对方很快就察觉了我的无动于衷和冷酷无情,就在其难以平复激动并无意拉坏我衣服的"危机"时刻,所幸有老师父解救。

更要命的,还有对本地农村习俗习惯了解不多而产生的很多"传奇"。一天和同事们一同去村里处理一起邻里纠纷,沿着一辆车子都只能勉强通过的无名路,七绕八绕到达目的地时,现场围了很多人,两家人已经开始扭打在了一起。为了尽快控制现场,我们几个直接飞奔上去开始劝阻,但对方情绪太过激动,参与的人已经打成一团。为了有效"震慑",我赶紧拿着执法记录仪对准混乱的人群,在寻找占据有利地形时,突然发现,现场边上的菜地里有一块稍微高出地面且看上去很整齐的平台,于是我便毫不犹豫地跳了上去,可未承想,一阵破裂和跌落的声音随之而来,原来,是——粪池,围观群众扭头,一片哗然。

这些,对于一向要强的我来说,事后的自责和反思,无意间就成为压在心头的一块巨石,以致于一段时间里我都闷闷不乐、郁郁寡欢。实际上,半只脚踏进公安时的苦恼,还有很多,在那段派出所难忘的岁月里,众多囧事、奇葩事,都在我的身上发生过,而这些"佳话",自然一度成为大家茶余饭后的津津谈资。

然而,对于那段难忘却苦难的岁月,我能够走出泥泞和阴影,完全是因为海岛汹涌的热情和质朴宽容的情怀。在这块神奇的土地上,有了我的婚姻和家庭。很难想象,在那样连走路都要小跑的节奏中,派出所所长开车为我迎娶新娘、大家为我操办婚礼,这些,是多么令人终生难忘的温暖记忆啊!

心底深处的柔软

每一个人都有自己的故事,而每一位警察,都有一本故事。在我的故事里,在来上海的十年里,每每触碰自己内心深处最柔软的部分时,乡愁的主题成了这个故事的主线。

"故乡何处是,忘了除非醉。"或许,对于我来说,即便是醉了,那乡愁的滋味却变得愈加深切、愁思难眠。就这样独自承受着煎熬,一晃竟过了而立之年。回首过去,我才渐渐发现,就是这"剪不断、理还乱"的乡愁,竟让一个西北汉子,在岁月无情的变迁中,已然沾染了许多江南的柔情。

月是故乡明。其实,都市外乡人最容易"矫情",更何况是在偏于一隅的海岛上,讲不完的乡愁和孤寂成了人之常情。况且进了公安,休假肯定就成了一种奢侈,很多时候,不是单位不给假,而是因为周围的战友们都是没日没夜,举手请假,怎能不难为情!所以,学着自我调解,让绷得太紧的弦不至于突然断裂,于我而言,肯定是一件重要的事。

难逢闲暇时,一个人静静倚着江堤,满眼装的都是长江烟波弥漫的广阔,满耳听的都是不知疲倦的水流有声。回望远离故土的近十四年时光,那些别人难以体会如浪人的漂泊,是如此地难以承受之重,而对眼前的一切,心怀敬畏,却又充满新奇,也的确是在所难免吧!

回忆,有时会很远,在乡愁的思绪里,却全是如母亲般的亲切和慈爱,想到故乡的山、故乡的水、故乡亲人的音容笑貌,或者那棵古树枯枝上的那只美丽鸟儿,清晰似就在眼前,瞬间却又消失在千里之外。虽然这样的过程绝对算是一种对坚强性格的磨砺,但每每这时,却让人感到莫名的惆怅。

我想,虽然每个人都有乡愁,但每个人的乡愁却绝不相同,虽然乡愁在一些人眼里变为了城愁,但游子的恋根情怀却又是一样的朴素和亲切。在奇妙的情感世界里,只有追忆那些美好,怀念那些难以从头再来的过去，才能让脚下的路走得更加踏实，也才能让一个人更加真实地活着。

然而，有时的回忆却也会很近，近的就在眼前。

随着从警时间的推移，肩章上的杠杠、星星增加，就不由得感叹岁月的流逝，也不由得感叹，警察这个社会角色，对一个人从骨子里脱胎换骨的影响和塑造，竟是如此之大。于我，这不仅因为环境的改变，使肉体与灵魂不断蜕变，还因为这火热的还算年轻的生命，在与警察结下不解之缘的点滴里，逐渐体会到从警者的艰辛。

在回忆的思绪里，这一刻永远清晰。那年，告别了象牙塔，告别了已学习和工作整整九年熟悉的大学校园，排除一切声言厉色的忠告，我心头一热，义无反顾一头扎进了警营。站在入警集训的队伍里开始踢正步时，才突然发现，我竟然要比周围战友大出起码五六岁！年龄上"老大哥"，在训练所需大量体能面前，怎么说也是个"劣势"，这作为当时我对自己的一个认识，的确曾经干扰过我一段时间。

弥足珍贵的集训很快就迎来告别——虽然当时并不这么觉得——在对警察这个职业还来不及深入理解时，我便踏上了崇明岛这片热土。当时我有个基本判断，警察是与群众接触最多，甚至无时无刻不在群众之中的行业，所以警察的地域性就很明显。上海的警察，自然与老家陕西的警察不同，南方警察与北方警察肯定有些区别，这样，摆在眼前的，首先就是怎么做好一个"新崇明人"。这算是我半只脚踏进公安时，最为强烈的感受。但谁也没想到，这样的感受，对于我畅想憧憬的"海岛警事"来说，才仅仅只是开始。

当忙碌成为一种习惯

忙碌是会上瘾的，即便每个人的内心都有偏向闲适的一面。这是我不长不短从警生涯里的又一个体会。

这几年，从派出所到机关，从社区、治安、内勤、户籍到政工秘书、宣传等，一路走来，有过破了案子的喜悦，有过抓捕扑空的沮丧，有过群众称赞的欣慰，也有过被误解的低落，有过连续五六天白天晚上连轴加班不感觉累的热血澎湃，也有过不顺心时的踟蹰与彷徨。如果说干这行不忙、不累，那肯定都是假话！

  这几年，儿子的出生，让一个警察本来就忙碌的日常更加忙碌不堪了。为了迎接他的到来，我们坚决遵守了"计划生育"。考虑到孩子出生后的照顾问题，我们夫妻两人处心积虑，周密计划，选择了让孩子赶着父母退休后的第二个月来到这个世上。但即便如此，手忙脚乱的日子，依然接踵而至。

  儿子的出生，是在正月，马上就要到元宵节的当口，那时，全体民警因烟花爆竹管控，没有例外，一律全部上岗。我记得，当时我的岗位，恰巧就在医院旁边的码头周围。妻子超过预产期而未生产的境况，让本来就紧张的气氛变得更加强烈。为了职责和命令，妻子进产房前的那段在我看来最漫长的时间里，我缺席了，对于一个女人，我想，没有什么时候比这时更恐惧、更需要丈夫在身边了。虽然事后，妻子并没有埋怨，但我内心的自责却已然刻在了心头，只记得那天，身上全副武装的警用装备比往常好似重了很多，夜里四面八方吹来的江风，也格外寒冷，彻骨的冷！

  好在，父母也在无奈中成了新崇明人，一家人算是还在一起，虽然他们也需要面对我曾经面对过的诸多的不适应，岛上空气潮湿，关节总疼，语言不通，逢人也只能以微笑应之，连扑克、麻将的规则也竟然与老家天差地别，这让他们的晚年只能专心于带小孙子。每当这时，我就觉得做儿子的似乎孝心无存，甚至残忍至极。然而，这还算不了什么，在双亲心里，我依然还是个孩子，加上从事的这份职业，他们的那份担心，总是让人眼角湿润。

  记得，那时在派出所，临近年关，隆冬的天气很冷，我一连四五天参加一个抓捕，本来以为那天肯定能收工早早回家，怕父母担心，便提前告知。谁知，嫌疑人特别狡猾，我们一组负责在高速道口边上的草丛里伏击，从前天入夜一直等到第二日凌晨，载满盗窃赃物的车子才出现在我们的视线里。那次，我记得我们几个的双手都被冻僵了、冻坏了，彼此的头顶上还有一层厚厚的白霜。很难想象，在这个所谓的南方，耳朵、手脚竟也能生冻疮！这让我真切地领略了一回海岛冬天的威力。而当我心里哼着凯旋之歌，在近黎明时分，轻轻打开家里的门锁时，客厅的灯是亮着的，而双亲就坐着靠在沙发上。显然，他们一晚都在等我回家，那一刻，我说不出一句话！

从入警的初体验，到扎根海岛，时光荏苒，在忙碌的间隙，仔细体会从警者的内心，置于其中的我，又怎能不被吸引、被熔化？

如今，已经习惯的忙碌正在快步前行。明天，不管精彩，还是平淡，不因下一分、下一秒的虚度而悔恨，必将成为我的海岛警事录里不变的主题。

我的海岛警事，将会继续，也必将继续！

（原载《东方剑》2018 年第 1 期）

喊　山

初日春

一

　　长白山脉到底有多长，这是翟祯光最近几天时常琢磨的问题。

　　他总是跟自己较劲，反反复复打量面前的群山，只要眯缝起眼，山会跟天连在一起，山是白的，天也是白的，茫茫一片，有些刺眼；猛地把眼睛瞪大，山梁便在视野里现出了轮廓，在晴日之下，山间的白却因积雪变得乌青。翟祯光始终搞不明白，是自己的视觉犯了毛病，还是受了坏情绪的干扰。

　　他现在是在西小山林场，确切地说是在林场

派出所背后的一片山坡上。置身广袤的雪野,他无数次地做着一道算术题——我,翟祯光,在这个世上,好比长白山上的一棵红松,不对,是树上的一个松塔,再或者顶多是松塔尖上的雪粒儿。是的,自己太渺小了,小到似乎已经被人遗忘。

翟祯光有些懊恼,到这鬼地方半个月了,他越来越找不到自身存在的价值。父亲让他干脆换份工作,新婚妻子总是唉声叹气,只有母亲让他对得起个人的梦想。真是搞不懂,对于当警察这件事儿,原本意见最大的人是母亲,闹到这般天地反倒站到了自己的阵营。可惜,翟祯光此时已经动摇了,他觉得自己特别傻,而且傻到了极致。

很多人羡慕他,把他称为"软件高手",认为凭他专业就可以谋一份薪水极高的差事儿。可翟祯光就想当警察,因为这个职业可以伸张正义。在别的单位工作了两年之后,他好不容易考上了吉林省森林公安,在去长春市的派出所报到之前,省局领导讲,从2015年开始,新警员一律到城市繁华地段的派出所学习锻炼,可以让大家尽快熟悉业务。当时,他在队伍里把胸脯挺了又挺,内心的骄傲和自豪早已冲出胸腔,长久地在翘起的嘴角上逗留。他在心里想,假以时日,一定要用所学的软件知识为森林公安编套程序,提高工作效率。

谁能想到是这样的结果呢?从长春到临江,再从临江到山里,即便有再大的雄心壮志,也会被现实来个当头棒喝。不,他们管这儿叫"沟里",连刚从外地调来的局长于爽也是用的这个词儿。翟祯光感觉局长的话很鼓舞人心,在基层可以得到真正的锻炼,他甚至觉得局长的名字起得带劲儿,在这样的集体里工作,怎能不神清气爽?

是的,在来这里报到的头天傍晚,他看到好多人涌进局机关大院,在楼前的空地上跳着广场舞。只有把警察当成家里人,老百姓才会把公安局当成自家的健身场。翟祯光相信自己的选择没错。

眼下倒好,叫天天不应叫地地不灵,竟然接连停了三天三宿电,手机信号也是时有时无,以至于想打个电话发个牢骚都没有机会。为了发泄心中的不满,翟祯光冲着大山嗷嗷地号了几嗓子,山谷里传来的只有一个人的回声。

二

翟祯光很烦辛树军。这个人是所长,也是他的师父。

在基层警队有个不成文的规矩,要想让新人尽快适应工作,会安排老民警当老师,负责传帮带。辛树军就是这个角色。

在翟祯光来"沟里"之前,辛树军是"光杆司令",换句话说,那时候所里只有一个所长加两名辅警。森林公安跟所有警种一样,实在是太缺人手了。这样的人员配备,很容易让翟祯光产生一些误会,在很多事情上,他认为所长是鸡蛋里挑骨头,在刷存在感。

打个比方吧。

翟祯光是个内向的人,派出所要调查统计辖区人口,辛树军非让他挨家挨户去登记,他感到别扭。那么远的山路积满了雪,深一脚浅一脚地过去,再碰上人不在,效率太低。这办法既原始又笨拙。他建议把联系方式统计好,一个电话就能解决,事半功倍。但辛树军不干,还说只有走到了才能摸到真实情况。他虽然不敢明着顶撞,心里却嘀咕,又拿所长的职务压人。看他不服气,辛树军说打个赌,看谁的方法管用。没承想,手机要么没信号,要么打出去没人接。翟祯光输了,被"罚"做三天饭。

在"沟里",就那么几个人,用一只手的指头就能数过来,伙食问题只能轮流掌勺、自行解决。翟祯光最头疼的就是这档子事儿。这明显是公报私仇,这样的人根本不配做师父。但他不得不承认,辛树军的招数比自己管用。

眨眼就是五月了。某天清晨,派出所接警,说是老宋头儿失踪了。辛树军到场部借来越野车,翟祯光瞪着惺忪的睡眼跟着出警。这当口,辛树军已经联系了林场的领导,让集合工人进山帮忙找人。

天气渐暖,雪水融化,让山路泥泞难行。最要命的是冷。正所谓下雪不冷化雪冷,翟祯光时不时地打个冷战,辛树军乜斜一眼,把军大衣脱下,扔给他,他自然不肯接受。辛树军是个好脾气,但那天却发火了,数落起来没完没了,无非是说年轻时得护住身子,免得上了岁数受罪。翟祯光哼哼哈哈没有明确表态,眼圈儿却倏地有些发热。

跟老宋头儿的家人打了个照面,辛树军就带着他进山。辛树军在前面走,他在后面紧跟着,他终究没忍住,问:所长,你啥都没整明白,就贸然上山?

辛树军没回头,说,眼瞅开春了,老宋头儿是抓林蛙去了。

翟祯光又问:为什么?

辛树军依然没回头,说他就好喝口酒,抓林蛙是换酒钱。

翟祯光还是问:这时节抓林蛙?

这次,辛树军停下了步子,转回头一字一顿地告诉他,林蛙冬眠,好抓。末了,又补充一句,像是自言自语:从这儿上山,是老宋头儿的习惯,早摸透了。

翟祯光在肚子里"哼"了一声,真能吹牛,也不怕把牛皮吹上天。他进而想,最好别找到老宋头儿,把你的脸面丢干净。

事实证明,姜还是老的辣,当天下午,按照辛树军的行进路线,在山里迷路的老宋头儿被找到了。确实有点儿神。起先,翟祯光认为是瞎猫碰到了死耗子,直到辛树军把老宋头儿所在的屯子几位住户的生活习惯全讲了一遍,他才甘拜下风。

他万万没想到,老宋头儿的家人非要给他们下跪磕头,被辛树军拦下了,刚暖过身子的老宋头儿挣扎着从炕头上爬起来,嘴里嘟囔:不让磕头也罢,以后逢年过节不拜神仙,要拜就拜警察。

听罢,翟祯光想笑却没笑出来,他好像被风迷了眼,眼角湿乎乎的。他赶忙出屋,跑到山跟前,群山仍旧被大雪包裹着,雪虽然在融化,却悄无声息。他想吼两嗓子,到了嘴边冒出的却是"师父"两个字,把刚出门的辛树军吓了一跳。

三

七夕节对翟祯光有着特殊的意义,因为这一天是妻子的生日。

在林场派出所,通常一个周才能回趟家。上次回家是在半个月前,他答应妻子一起过生日,可他爽约了。这些天,他一直跟师父钻山沟，为的是办一起陈年积案，案发地就在他们的辖区。

刚开始，翟祯光带着兴奋，感到神秘，毕竟要查的是命案，要追的是潜逃八年的凶手。几天下来，他发现所做的又是最原始的工作，从某种意义上讲，有点儿像没头没脑的苍蝇。

他问师父为什么当年抓不到凶手。师父说，那浑蛋没上过户口，没办过身份证，咱们手里只有一张几十年前的老照片。

他又问师父为什么不上技术手段。师父说，那畜生压根儿没用过手机。

他还有很多问题想问，但师父以少有的严肃制止了他的这个念想。翟祯光只能乖乖地跟着，大海捞针似的寻找线索。线索少得可怜，但辛树军还是不断向局里汇报新情况，比如，犯罪嫌疑人孙某脾气火爆、爱喝酒、不识字、当过矿工和伐木工。他想提醒师父，这些细节对办案没多大用处，局长于爽和政委张旭却通过电话告诉他们，很有价值。

为什么呢？翟祯光百思不得其解。直到局领导下令缩小排查范围，重点关注偏远矿区，他才明白了个大概。没身份证不可能走远，没文化就只能窝在山里……心里亮堂了，他也有了劲头。如果不是需要保密，他恨不得跟妻子分享这些喜悦。

很显然，他不好意思在这个节骨眼儿上请假。真是邪性，翟祯光发现，手机能接电话却打不出电话，他猜测妻子肯定会闹情绪，心想等过些时日回家，哄哄就好。

他想得过于简单了，因为自己的"失联"，妻子也"失联"了，打电话不接，发微信不回，他只是从妻子的朋友圈里看到一句话——现实版的牛郎织女，我不希望当主角。

时间一天天过去，翟祯光心里只惦记着两件事儿，一个是畏罪潜逃的孙某能否归案，另一个是妻子是否会原谅自己。这时候，他和师父已经成了无话不谈的好朋友。前一个问题，师父说把心搁到肚子里，局长给省里立了军令状，9月1日是最后期限；后一个问题，师父只是笑，不吭声。

翟祯光跟犯了迷糊一样，非要跟师父打赌。他说，师父，第六感告诉我,这案子保准儿没问题,跟你打赌。

辛树军说神经病,咱俩想法一致,赌个什么劲儿。

他想了想,说,只要案子在期限内办了,我主动做一个礼拜的饭。

眼瞅到了8月底,几乎所有人都在企盼打个漂亮仗,等待的日子里每一天都是煎熬。8月29日,经过前期大量侦查工作,锁定了孙某的活动区域,局领导决定收网。局里挑选精兵强将,分了五个抓捕小组,由在家的局领导分别带队。当天傍晚,孙某被带回局里。

正要去跳广场舞的群众看到这一幕,很快把消息传了出去。不过,最先得到喜讯的是各个基层单位,翟祯光手舞足蹈地跑到食堂,要去兑现自己的承诺。

辛树军说,你这熊孩子,快拉倒吧,做饭难吃得要死,还是给弟妹打个电话吧。

翟祯光愣了愣,刚想找借口回避这个话题,手机铃声响了。他接通电话,听筒里传来熟悉的声音:老公,你听见了吗?有人给你们警察放鞭炮呢……

他兴冲冲地跑出食堂,一口气到了山跟前,他想大喊一气,最终只是轻轻地"么"了一声,然后亲吻手机屏幕。

他做了两个决定。一是遵守诺言,接下来的一周承包所里的一日三餐,就当是练习厨艺,回家犒劳妻子。还有就是,他再也不想喊山了,因为他不再感到孤寂。

吹满风的山谷好像懂得了他的心思,她用阵阵松涛声来回应这位年轻的森林警察。

(原载《人民公安报》2018年9月7日)

让清泪写尽祭文

夏晓露

又是清明,万物浸在雨中,这是被哀伤熔化成一个灼心柔软的日子。死亡可以很美丽,但我们必须感受生命传递的悲壮。

一

四月,那些桃红柳绿、苍松翠柏、山川河流借着风含着雨续一个肠断天涯的魂,它们是再生的生命,是倒下又能挺拔的姿势,是季节恩赐的死亦为鬼雄。这是一个特殊的群体,他们用鲜血与生命铸成了刀、铸成了剑、铸成了风骨、铸成了天地生死情,流淌的每一滴血都凝成誓死捍卫平安和谐稳定的信念,才有了蝶飞莺语的盛世花园,春满人间。公安英烈,在长得看不到尽头的名字中,每一块墓碑刻着的故事都成为永恒,每一个名字都是鹰翱翔在史诗的天空。

清明,他来到徒弟的墓地。这是一段沉默了17年的英雄与英雄的生死对话。17年,一个警察已由青丝变白发,他在灵魂的拷问和内疚、自责中度过6200个日日夜夜。

他的名字叫田卫,先后在派出所、刑警队干过,去年年底,刚从潮州市饶平县公安局交通警察大队岗位上退休。那一年,田卫先后患上慢性咽喉炎和慢性胰腺炎,他打着点滴日夜坚守在工作岗位。那一日,他因急性胰腺炎发作晕倒在办公室,幸得同事将他及时送到医院抢救,才避免了一场悲剧的发生。

那一年,他冒着生命危险将16名犯罪团伙的成员全部缉拿归案,查破绑架、勒索、抢劫等案件34宗,缴获仿六四式手枪一支和其他作案工具一批,追回赃款赃物一大批,为饶平县铲除了一颗毒瘤。

那一年,他带领刑警大队缉毒民警,先后辗转六市、县,行程近万公里,成功破获潮州市历年来缴获毒品海洛因最多的"2·21"特大贩毒案。

他把自己修炼成全国公安系统二级英雄模范。当杀害徒弟的凶手17年后被抓获,他的灵魂才得以安生。

二

我想从这场对话中触摸一种精神,对话正穿过湿淋淋的墓碑,让人感受到致敬、缅怀、前行的神圣含义和背后悲壮的故事。

黄昏时分,当一阵风吹过,灰色的天空出现一行飞鸟,留下人字形的光影,给大地的胸膛挂上一枚闪亮的勋章。

他来到徒弟的坟前。弧形的墓碑由灰白色的石头砌成,紧靠一座杂树丛生的小山,坟头边长了一棵挺拔的长尾松。

天正下着小雨,一股泥巴的腥臊带着隐隐的花香。坟茔四周的灌木葱绿耀眼,滴水观音一丛一丛,高大雄壮的阔叶让人感受到土地的肥沃，粉紫金盏草、黄色陆莲花、白色九里香、各色野菊花还有许多荆棘草安静地开放。低矮的黄荆树，淡紫的小花已开，他拨开遮挡墓碑的花枝，用手轻触冰冷的石碑：余旭浩烈士之墓！红色的刻字像滚烫的火灼痛他的胸口，直逼苍穹。

  雨水打湿的墓碑更显斑驳陆离。他抚摸每一个字，凹凸不平，藏着时光侵蚀的痕迹，这些字在沉睡17年后，经过风雨雷电醒来，而他希望"余旭浩"三个字真的会活在春雨中，在这个春天跳跃、飞舞、盛开。

  他没有打伞，花白的头发上挂了大大小小晶亮的雨珠，像盛开的一簇簇黄荆棘花。雨水顺着前额流到眼眶，他用手抹了一把又一把。警服的肩章及后背已湿，他弯腰将一束紫色丝带扎住的白色百合靠在墓碑前。

  他脱下滴水的警帽："兄弟，我来了！师父我来看你了，我来看你了……17年哇，师父我……"

  声音忽然哽咽，像弦断的小提琴，余音绕过山梁。他缓缓坐在坟头的水泥台阶上，从上衣口袋掏出一盒双喜，双手颤抖，抖出三支烟点燃，缓缓并排放在墓碑前。瞬间，三条青色烟雾在细雨中盘旋、飘逸、逶迤，像一缕魂灵飞向天空。

  他看到那棵长尾松，徒弟身躯真像这棵松："浩子生前也这么挺拔啊……"

  "浩子，我们终于将杀害你的凶手抓获，追凶整整17年，师父我该退休了。别怪师父今天才来看你。不抓获凶手我没脸来看你！我当年怎么就没有教你保护好自己？师父我有愧啊……"

三

  他仰望天空，雨越来越密，像一根根钢针穿痛他的心，泪水夺眶而出。

  隆隆春雷划开记忆的雾霭：17年前的9月6日。

  紧靠广东最东端的潮州饶平素有"岭南佳胜地，瀛洲古蓬莱"

的美称，平安祥和。那日，正在值班的饶平县公安局城中派出所民警余旭浩接到一宗纠纷斗殴报警，他冲锋在前阻止斗殴并抓获了一名嫌疑人，不料，另一歹徒从旁边蹿出，用剪刀猛力刺中余旭浩大腿动脉，血如泉涌，像愤怒的狂吼喷射着英勇，鲜血将悲壮的时刻凝固在 2000 年 9 月 6 日 23 时。

于是，在这个山冈上有了一座新坟，白得耀眼的墓碑石，闪痛人心的红色祭文，一到春天坟上就盖满鲜花和飘动白色的幡。

他的手夹着一支烟，火光一闪一灭，仿佛是徒弟余旭浩在给他点烟，他的嘴唇嚅动着，雨水、泪水搅和成思念的汪洋，他抹了一把又一把，仿佛听到徒弟年轻的声音："师父，你安心退休吧！好好享受生活。我在天堂很好，这里没有罪恶，四季如春。死神可以夺去人的生命，却永远夺不去信念和精神……"

他期望徒弟的故事永远活着，像坚硬的墓碑呈现给大地。他深吸一口香烟，远远有个声音传来：让人生所有的苦难如轻烟飘散。

抬头，他看见四月把春天带到生命深处，鸟儿鸣转，每棵树枝头盛开着粉红嫩白的桃花、娇艳的樱花，还有如血的杜鹃、如火的木棉，挂满闪亮的露珠，所有的姿势都向着天堂，向着太阳升起的地方。

（原载《南方法治报》2018 年 4 月 9 日）

寂寞的颜色

高 麓

寂寞是有颜色的,你信吗?

早春二月,乍暖还寒。钻出城市那令人忧心忡忡的灰色雾霾,朝秘境阿尔泰山中走去。心灵感应似的,刚看到山的模样,灰暗天空竟明朗起来,山路曲折而狭窄,白雪厚重而冰冷。

我是新疆阿勒泰禾木边防派出所的一名干事,走在返回单位的路上,这些景象深深镌刻在我的脑海里,一起带我走向深山。

一路行走一路感悟,或许这寂寞就是映入我眼帘的各种颜色吧。

驱车行走在蜿蜒山路上,迎面扑来的大山有两种颜色。阳面是黑青色的松柏,一行行错落有致,一列列井井有条,迎着冬日淡淡的阳光将军列阵般肃然静立，一阵风吹来，便在摇摆中沙沙作响。阴面是枯黄的野草和落尽叶子的青色树枝，横七竖八杂陈而生，极尽渲染着大山的荒凉，阳光洒下，它们就迎接阳光，风雪来临，它们就迎接风雪。

几个拐弯之后，海拔便随着车轮一路走高，青色的路面上覆盖着厚厚的白色积雪，从轧过的车辙看，少说也能埋住大拇指，司机注意力集中，睁大眼睛紧紧握着方向盘。经过处，一辆越野车撞山后横陈在路的中央，等待救援，而前方，庞大的救援车占据了整个路面，一辆拉着草料的卡车冲进山沟里，一群人正手忙脚乱挂钢丝绳往上吊。知情人说，卡车司机停车挂防滑链，车却兀自跑了，直冲沟里。

耽搁了约莫一个小时，严重变形的卡车被拖走，我们继续前行。这里山高弯急，或许是经常出事故的原因，每一个紧急转弯的山体上，都被人用各种字体黑黑涂着警示标语，有的是"注意慢行"，有的是"转弯鸣号"，视之让人心里不由为之一紧，自然提高警惕百倍小心。听司机说，现在路况好了，要在以前，下雪天山沟里有很多失控的车辆。

走过海拔最高的地方，白色雪层消失，又露出灰突突的路面，一直延伸到禁区里，有一处，这灰色路面突兀有别于野山荒草，有一处，却与裸露的山体浑然一色，辨不清哪里是路哪里是山，自始至终，一条断续的白线把道路分作两边，亦好像导航一样，把我们引向深山里的禾木乡。

到了，这里被称为"神的自留地"。

过了契巴罗衣，山里的颜色也丰富起来。最引人瞩目的是红色，道路靠河沟的一边插着一面面彩旗，以刺激司机的视觉神经，防止在频繁转弯中打错方向。还有一种红色深深镌刻在山体里，一个拐弯处，巨大山石上，赫然雕刻着"忠诚"二字，遒劲的笔锋被鲜艳的红色浸染，甚是醒目。第一次亲见这块石头，却是熟悉的，多少回，报纸上的照片里看到热血男儿举枪立誓；多少回，摘去帽徽领花的老兵在此相拥而泣，这块石头，是山里一本五彩的画册。同样鲜红的还有一个老兵临走刻在山石上的一句话：我无名国有名，以无名铸威名。染字的红色暗淡许多，却无妨，同样刻进官兵心里。

还有亲切的迷彩色，那是守卫在山隘哨所，忙碌于营房阵地的边关哨兵，他们默默地守望大山、坚守大山，有的两年未曾出山一次，有的40多年的人生定格山中；那是一处处营房，迷彩与密林相生相伴，密林中万物脚踩大山与天比高，迷彩下众将士心系使命无怨无悔；那是作战室里的一次次运筹帷幄，一个个不眠之夜。

还有派出所里官兵屡屡提及的黑色，那是缠绕在派出所后面一个山头上云的颜色。一位战士说，神得很，云是白色，次日就是晴天，云是黑色，便是雨雪天，灵得很。看完那头顶的黑云，次日早起，外面果真就是淅淅沥沥的小雨，往山上走，却又变成鹅毛大雪。黑色的还有那个顾名思义叫"小傻"的小狗，不是军犬，不知出处，他就像这山里与生俱来的一员，陪着官兵一起训练，一起休息，无缘由地打起滚来，快乐得像个小天使，总能感染官兵，跟着它一同欢乐开怀。

与黑色分明相对的是白色，是白雪的白色，也是塑像的白色。终于，见到了那座无数次听人说起的美丽峰，仿若女神一般妖娆美丽，高绾发髻，从头到脚都是素洁的白色，她矗立深山长过尚在这里的任何一个官兵，她圣洁的形象融化了多少坚硬的世界，承载了一代代官兵懵懂无知的、无瑕的初爱。时间就那样随着山谷里的四季河慢慢消逝，消逝了青春的容颜，消逝了一轮轮花开花落，留下的是一个个充满温情的故事，与懵懂的爱情有关，与素白的女神有关。

还有，还有那河水的清澈、嫩芽的鲜绿……

是的，我感受了大山的寂寞，也看到了那种寂寞独有的颜色，那颜色是红色的字、黑色的云、白色的雪山，也是官兵身上逐渐褪色的迷彩。

无论怎样，我最是清楚，那是寂寞的颜色，也是忠诚的颜色。

（原载《中国边防警察》2018年第6期）

举枪那一刻

程 华

那是一个风和日丽的周末，下午三点半左右。正与妻子在郊外享受阳光的警察严欢突然接到指挥部急电，令火速赶往中心现场。

严欢打个招呼就走了。多年养成的职业习惯让他对家人守口如瓶，家人也习惯了他的来去匆匆。

严欢驱车风驰电掣赶到现场。只见一圈工地的铁板后，一年轻男子手持菜刀劫持一名约莫五六岁的小女孩，面对人群狂叫："不要过来，不然一刀砍了她！"

据了解，该男因情感纠葛心生恶念，遂持刀冲入闹市挟持了女孩。对峙一小时苦劝无效后，警方决定采取行动。

此时现场上千围观群众，喧嚣震耳。大批民警把守，中心地带和人群被一圈黄色警戒带隔断。男子的菜刀在女孩头顶不停挥舞。严欢嗅到了危险气息：一浪高过一浪的喧哗极易刺激男子发狂失控！

这已不是第一次临危受命。十多年前首次担任狙击手的经历还历历在目。最令严欢难忘的，不是真枪实弹千钧一发的对峙，而是在他一枪击倒持刀歹徒，与队友们冲进关押人质的屋子后。

那女子蜷在屋角，面色铁青抖成一团。一见严欢，她一下软瘫在地，被扶起后愣怔半天才"哇"地哭了出来，眼泪糊得他一身都是。

那一刻，严欢明白了什么叫劫后余生。劫后余生的岂止是她？还有他。一条命就系在他手里，手指稍偏一星半点，后果会怎样？

此时，一把手枪又由战友手中交到严欢手中。交接瞬间，双方都沉默着，只交换了一个只有彼此才能读懂的眼神。

紧张、激愤的人群一点点涌向中心现场，被民警挡回去。人群趁民警转身又浪潮般回涌两步，马上又被推回去。在场民警声音嘶哑了。不断进退中，气氛紧张得令人窒息。

女孩脖子上被刀拉出两道细细血痕。她号啕着试图挣扎，激得男子更加狂暴，挥舞的菜刀好几次差点儿戳到她的头颈。她的母亲在一边惊惧交加两次昏倒，一醒来就不顾一切地撕扯试图劝阻她的民警，要冲过去解救女儿。

刻不容缓。现场指挥下令：一旦时机成熟，立即发起攻击！

攻击时机很难把握。稍一犹豫错过时机，女孩可能遭遇不测；打，若一枪打偏，男子一旦有时间反应，人质依然可能伤亡。

严欢清楚，他接过的不是一把不足千克的手枪，是女孩的命，是一个家庭全部的希望。作为狙击手，他也清楚一次失败意味着什么。他只有一枪。没有第二次机会。

他把枪藏在身后，缓缓朝男子踱去。身材清瘦，一身便装，漫不经心，他看上去更像一个没有任何威胁的围观者。

这十几米，他走得很慢，边走边飞快地扫描最佳射击点。心底，一个冷冷的声音金石样划过：此刻你是枪手。心无旁骛才能人枪合一，才可能在这场生死较量中胜出。

几分钟后，他转到一棵大树背后。此时，随着最佳射击点渐渐凸显，他的眼里除了那把挥舞的菜刀和女孩惊恐的泪眼，其他的，已纷纷虚化、淡出。

指挥部意识到，严欢即将发动攻击。周围民警奉命不断从各个方向喊话，劝男子放下菜刀。男子注意力开始分散，脑袋不停东偏西转。

男子再次转头，严欢果断举枪！然而对方突然又转回头，严欢迅速收枪。如果正面开枪，对方很可能看到，势必反射性躲闪，这一躲人质便生死难测。他只能趁对方分心转头的空当方可出手。

严欢没有强行攻击。他看客般悠然静立，脸上甚至掠过一丝不易察觉的笑，眼睛则死死盯住对方。

几分钟后，民警再次开始喊话，男子的脸又朝喊话的方向转过去。

举枪、瞄准，严欢迅速在对方转头瞬间扣动扳机！瞄准、击发，干净利落一气呵成，不足两秒。

枪响了，对方应声倒下。特警迅速冲上前将女孩抱上警车驶往医院。女孩得救了。

严欢面无表情，退到一边，退弹、验枪、还枪，然后消失。

待被惊呆的群众反应过来，严欢已无影踪。

半小时后，听严欢轻描淡写提起刚才的一幕，严太太冷哼一声，骗人，这么一会儿你就解救人质了？编你的警匪片吧。他笑笑，端起茶又晒太阳去了。

当晚，看到电视新闻的严太太抹着泪说，欢，这是真的？你不怕？严欢依旧淡定，枪在我手，怕甚？

是夜，万籁俱寂，严欢久未入睡。男子倒下瞬间，女孩脖子上的血痕、大眼里的泪光、母亲嘶哑的哭喊，一幕幕在眼前交替叠化，越来越快越来越快……

纵是训练有素，也一时无法摆脱内心纠结。人都有情感，他也不例外。那毕竟也是一条性命。但当邪恶严重威胁无辜生命之际，除了攻击，他别无选择。

他无悔。

枪，就是警察的第二生命。

枪，在警察手中，当是捍卫正义的武器。

警察的一切都为使命而存在。举枪那一刻，已甘心放下所有。他们就像一把上膛的枪，随时准备，呼啸着，出击。

(原载《人民公安报》2018年5月25日)

怀念战友张欣

李　动

10月21日清晨,我接到同事蓓蓓微信,打开一看,顿时惊呆,原来我的公安战友张欣积劳成疾,倏然离去,掐指一算才58岁。我愣愣地坐在病床前陪儿子吊针,眼圈湿润。禁不住想起十来年前,我每周五下午采访张欣,持续半年时间,那场景,回想起来,美好而新鲜……

"神笔"张欣,上海铁路公安局刑侦处一级警长,刑侦专家。他身怀模拟画像绝技,先后参与破案11000余起,通过模拟画像和分析推理,协助全国各地破获各类重大刑事案件1000多起。采访期间,他记忆惊人,侃侃而谈,我记满了三本笔记本,终于完成《画像》一书。

第一次采访张欣是在他的办公室，20多平方米大小，布置得干干净净，朝东的沙发旁安放着一台电脑，边上都是他画的各种模拟嫌疑人的画像。我读中学期间也学过多年绘画，我的采访首先从绘画聊起。在松江读小学时，张欣便开始从画连环画《西游记》起学画，那时并没有人教他，主要是随兴涂鸦。1977年春天，张欣参军后在部队举办的黑板报比赛中获二等奖，被送到海军俱乐部培训。李可染、高泉、吕恩谊等画坛名家为学员们免费上课。三个月后，张欣回到连队，利用业余时间给战士画头像，全连官兵都让他画遍了，他在绘画上进步神速。

　　那天下午，我们聊绘画，聊军旅生涯（我也在空军服役过几年），尽管不在一个部队，却胜似战友，一见如故。下一个周五，我又来到张欣办公室，听他讲画模拟画的缘起。1982年秋天，张欣复员回到家乡松江，有志当警察，因母亲是县公安分局领导，便只能去松江车站当"各管一段"的铁路警察。张欣喜欢舞文弄墨，在《人民警察》发表了一篇小通讯，被铁路公安处一位姓金的处长发掘，调至公安处办公室。1986年夏天，老北站行李房被人冒领走一台彩电，金处长带张欣赶到案发现场，根据行李员描述的冒领者面貌特征，张欣随手将对象画了下来。北站派出所副所长见之，笑曰："这不是刚被开除的搬运工小徐吗？"说罢立刻骑车赶到该搬运工家，果然，冒领嫌疑人自行车上面的彩电还没有来得及卸下来呢。

　　张欣被调入刑侦队技术组，专事犯罪模拟画像。临摹或写生都是依葫芦画瓢，但在没有见过案犯的情况下默写人像，绝非易事，之前在刑侦技术组也无人问津，张欣可谓第一个"吃螃蟹者"。为了提高写生能力，他每天利用从松江到北站乘火车上下班的机会，见缝插针地画身边各色人等的面貌特征，上班更是全身心投入，每天完成30张画。一年下来竟画了一万多张头像，渐渐摸出了路子，换来了小试牛刀的成功例子。

　　谈话间已到下班时间，我拉张欣去吃饭，他却婉言谢绝，说："我一年中大约有200来天在外出差，帮各地画像破案，老不在家吃饭。所以在上海我尽量不去应酬，多陪陪家人。"

再访张欣，聊起他"刑侦专家"的称号。他忆起1999年秋天，公安部隆重举行聘任特邀刑侦专家仪式，时任公安部部长贾春旺为八位刑侦专家颁发聘书。当他给张欣递上聘书时，惊讶地感叹："你这么年轻就成了专家！"旁边一位副部长介绍说，这个38岁的小伙子可不简单，他来自上海，身怀绝招，专门画嫌犯模拟像，在全国多起大案侦破中起到了关键的作用，可谓功勋卓著。贾部长闻之竖起大拇指点赞。所指的是哪几起大案？张欣说是1995年连续协助公安部侦办的四起大案，他因此声名鹊起，对各地请求破案要求应接不暇，四处奔波，虽劳累不堪，却乐此不疲。不管风霜雨雪、千里迢迢还是节假日或正逢发病期间，张欣都不顾病躯迅疾前往，虽是大牌专家，却从来不提报酬和条件。

我问张欣："你一共参与侦破过多少案件？"他说他统计过，大约一万起，其中协助破获的刑事案件一千余起，凶杀案有150多起，为各地制作模拟画像一万多幅。

听说张欣在太原夜以继日地画系列敲头案嫌疑人模拟像时，痛风发作，被担架抬回上海，我劝这位一级英模和全国劳模："你已功成名就，悠着点，不要再白天黑夜连轴转了。"张欣回说："是的，全国每年这么多案件，我即使有三头六臂也忙不过来，所以我答应公安部领导，帮助每个省培养一个徒弟。"他给江苏、浙江、辽宁等省、市的公安厅带出了21个徒弟，他们在各地发挥作用，已有18人立功受奖。

写完《画像》一书的初稿后，我特意上门请张欣审阅。他边翻阅书稿边告诉我，他正在研发计算机模拟画像系统。画像插上科学的翅膀后，效率高多了。他每天像网虫一样"玩"电脑，站起时常常两眼昏花。经两年努力，他画出6200多幅各种脸形和五官分割图，一件件输入电脑，经反复研制，终于创立"张氏计算机模拟画像系统"。"这套系统可以根据需要随意组合拼凑各种脸形和五官，经公安部科技司、清华大学等权威部门认定通过，现在全国公安利用电脑人像组合破案已经成为主流。"张欣欣慰地说。

2017年，我去采访张欣参与侦破的白银连环杀人案。他告诉我："上次突发心脏病，差点儿走了。"感觉他身体堪忧，我再次提醒他劳逸结合。他听说我也有高血压，反而热情推荐我试试医生向他建议的疏通血管办法——洋葱泡酒……

张欣离世前两个星期，我曾与他通电话。他告诉我："现在破案主要靠视频，但视频有时因嫌疑人的伪装模糊不清，成为侦查员辨认的短板。我正在搞人像重构技术，希望弥补视频的缺陷和不足。"我约他聚，他说，忙完这阵再说。

张欣连续加班，10月19日又搞了个通宵，未料突发心脏病，英年早逝。

这些天，有一些画面总在我眼前晃动，那是张欣和他笔下那些活生生的人物画；有一首歌总在我耳边回响，那是我们怀念战友最熟稔的歌声——"啊，亲爱的战友，我再不能看到你雄伟的身影和和蔼的脸庞……"

（原载《解放日报》2018年11月22日）

危房里的贫困户

申瑞瑾

我不知怎么形容向长青的家，与其说是房子，不如说是棚子。若非他的邻居告知，我甚至以为是谁家废弃的杂屋或猪圈。村里多为两三楼的砖房，差的也是旧平房。就他家显得格外寒碜。年久失修的平房靠些水泥砖糊弄成一座所谓的小院，中间的外墙露出一点破旧的红砖。门口靠几根旧木梁撑着，胡乱搭着些雨棚，房顶也是青瓦、红瓦和塑料瓦混搭，墙边胡乱码着些干树枝柴火。

邻居帮我从远处的地里找回了向长青。他蓄着花白的山羊胡，平头，矮个儿，模样周正，翘鼻子，抬头纹很深，猛一看像个特型演员。他招呼我在门口的长凳上坐下，我跟他边核对资料边交谈，得知他六十一岁，本是外乡入赘的上门女婿，前妻二十几岁因病去世，后好不容易在外县娶到现在的老婆，弱智，不会说话。第一任岳父岳母都是他送的终。

他的哑妻更矮，左眼有点瞟，在一旁冲我傻笑，露出一口黄牙。邻居插话，别看她又哑又傻，帮他生了个好儿子！说到他儿子，向长青的神情活泼了，说儿子十七岁了，可惜不爱念书，初中一毕业去浙江打工了，但目前只能打黑工。

他脚蹬一双烂胶鞋，穿一件破旧的黑工作服，右上方还挂着胸牌，露出"深圳"两个字，衣服敞着，里面没穿背心。我有些心酸，委婉地问，下次我带点旧衣服来，你嫌弃不？他忙说，哪会嫌弃，村里人也时不时给我旧衣服呢。

当地村民一般家家户户门口打有摇井，他家没有。其实他打过一口井，出来的水是浑的，喝不得，只好在邻居家挑水吃。想起在等他时，我围着他的屋子转了一圈，从一处空隙望进去，确实看到方寸小院里的一口废井，井边有两棵树。

次月，入户登记产业奖补情况。他是低保兜底户，不用登记。我专程去了他家，带了几大包旧衣物。

得以进了他的屋，进门两张横竖挨着摆的木板床，不知睡了几十年的。右侧的床该是他儿子在家住的了，床上胡乱堆着些衣物。我问，衣服怎么不放柜子里？他不好意思地笑了：家里没柜子，就这一间睡房，还有间杂屋。我在里屋待不住，到侧门口，拿出些衣服要他妻子试，她一脸的快活。邻居逗她，拿着大拇指夸她，你穿上去漂亮多了！她喜滋滋地摸摸衣裳，又望望我，对着向长青伸出小指，又对我伸大拇指。邻居笑，她在怨他不给她买新衣穿。

告辞时，他执意留吃午餐，说家里养有鸭子，杀只给我们吃，哪敢麻烦他，我们赶紧道谢走人。

又去，已到深秋。他哑妻在家。邻居喊她：上次给你送衣服的公安来了！她闻讯奔出来，跑近我，亲热地拉着我咿咿呀呀。邻居说，她认得你哎，早两年她都不认得人！向长青又是从地里被找回来的，他还帮外出打工的邻居做着几亩地，可以多挣些粮食。我说，这次是帮他来注册社会扶贫 APP 的。他有些手足无措，说，村里以前发过一部手机，从没用过。我要他找出来充上电，我给充点话费。他跑回屋里，在床边的矮柜抽屉里找到一张纸条，上面写着个手机号码。我拨过去，打不通。问，确定号码没错？他说，是这个号码呀！我想，一直没缴费，估计手机号过期了。只好将情况反映给单位的驻村扶贫队长，队长说，年前单位会给贫困户每人赠一部手机，预存两百元话费，到时就能帮他注册了。

再入户，他家屋前的芭蕉树叶子已破败，几只鸡在树下觅食。这回，他和妻在家。他站在芭蕉树下怯怯地问，听说对贫困户有危房改造的扶持？我说，有的。你儿子将来要成家，是得起个新房。邻居说，他家这么困难，还有村民不服气他被评上呢！我惊讶了，难道还有人想当贫困户？

近日参加某县的文化扶贫。在山寨公路边，数栋一模一样的三层楼拔地而起。村支书说是给异地搬迁的贫困户住，有四十多套。我问，住进去要收钱吗？她说，人均二十五平方米，每人收一千元。有三居室，也有一居室、二居室的。

那会儿，我想起向长青的家。2018 年是推进扶贫攻坚的农村危房"清零"年，听说，他家也快住上新房了。

（原载《湖南日报》2018 年 8 月 10 日）

紫薇山上的风

王 永

寒冷的日子里，我不断记得紫薇山上的风，冷峻萧瑟，像从远方突然吹来，带着呜咽的腔调，让人猝不及防。

我的耳边似乎还有殡仪馆的哀乐回旋，"全国优秀的人民警察……群众喜爱……拼命三郎……"花圈堆簇、白孝黑帐，冷风吹起"出师未捷身先死，长使英雄泪满襟"的挽歌，我突然觉得生命是一张纸，有时来不及在上面描摹涂写就已经撕裂。

入警时就听说过你，说你经常咳嗽，得了很重的病，我们五块、十块、五十、一百的给你捐款。入警后，单位上再也没见过你，有人说你离开单位的那一天，身着警服在单位的大门前对着

"为人民服务"的背景墙噙着眼泪敬礼；有人说，你身体大不如前，可清晨还坚持在会师园跑步练剑；有人说你的心态很好……单位的优秀表彰，有时会有你的名字，我在别人的只言片语中了解你的病情发展情况，在不同的报纸杂志上阅读着你昔日的兢兢业业，只可惜我们缘悭一面。

终于我们见面了，那次你来单位办理住院医疗报销手续，你慢慢进来笑容可掬，你说单位来了很多年轻人不怎么认识，你个头儿不高但精神矍铄，你的容貌和我在照片上见到的大相径庭，我忽然反应过来你光头的原因是治病化疗引起的，我连忙给你倒水让你坐下，你一直说谢谢……

最后一次见你是在上班的路上。今年全县创建文明城市如火如荼进行，单位积极响应号召，全力以赴开展交通文明劝导工作。那天早晨我坐在车里面，突然看见你熟悉的身影，你正站在斑马线上劝导一位骑自行车闯红灯的妇女，我猜你是早晨锻炼归来，我看见你不断比画着什么……车子启动，直到你瘦小的身躯距我越来越远。

2017年2月5日早晨，微信群里传出你去世的消息，我沉默良久。我想你一直坚持锻炼身体或者在医院积极治疗，我始终坚信你能战胜病魇，给大家一个惊喜、一个奇迹！

你的灵柩被战友的很多双手共同举放到紫薇山上，掊土点香、纸钱飞扬，身边的老主任喃喃回忆，说你年轻时家境窘困，上有老下有小，妻子没有工作常年有病，一大家子人挤在不足七十平方米的房子里艰难度日，而你又一心扑在工作上，常常在单位加班加点连一顿热饭吃不上，近几年你的孩子长大考取了重点大学，日子刚好过了，你却匆匆走了，你们的王队长啊，挣了一辈子、苦了一辈子……

紫薇山距单位不远，那座山因为你的长眠而在我们的心中瞬间变得意义非凡。北方的冬天，每当北风从山顶呼啸而过时，我都感觉那是你的气息，是无比的愧疚和无尽的留恋，是无比的热爱和无限的遗憾，是无尽的抗争和无限的忠诚……

谨以拙文怀念会宁县公安局原刑侦大队教导员王毓聘同志

王毓聘，男，中共党员，大学学历。1991年参加公安工作，2000年7月起在会宁县公安局刑警大队任侦探股股长、中队长、副大队长、教导员。从警26年来，由于工作突出，多次受到市县公安机关和县委县政府的嘉奖、奖励。曾被评为"全国优秀人民警察"、甘肃省"我最喜爱的十大人民警察"、"白银市优秀共产党员"和"白银市美德警察"，先后荣立个人三等功三次。于2017年12月5日凌晨4时许因病抢救无效逝世，享年48岁。

（原载《警察文艺》2018年第2期）

此生有幸遇枫桥

沈秋伟

文化枫桥

此生有幸，让我与於越古都枫桥结缘。

那天，我走进了枫桥，耳边隐约听到了元末明初杨廉夫悠悠的铁笛声，鼻子里嗅到了王元章画中的墨梅香，眼睛里看到的是明末清初陈老莲笔下，那些好汉被风吹动的衣袂。

走进枫桥，我怀揣敬仰之情。我听到了宋朝的朱熹与孝子杨佛子促膝欢谈，然后到紫阳精舍传经布道；看到明朝的王阳明从江西返回绍兴，在枫桥留下"立诚之说"的笔墨；听到1939年周恩来在枫桥大庙做抗日演讲，我是一千多个听众里急匆匆赶来的最后那一个。

这里适合美学筑巢，也适合思想引凤。

走进枫桥，我像患上了文化饥渴症。我要向每一株草鞠躬，向每一朵花致敬，因为它们都身怀浓浓的墨香与诗情。

温情枫桥

此生有幸，能让我在枫桥的历史中做一朵小小浪花。

开国领袖的目光巡视到这里那年，我还没有来到人间。他那一次侧目一望，不经意锁定的"枫桥经验"，隔着55年的时空，调校了我人生的航向。

我走进枫桥，是来追寻他55年前播下的人性温情，来探一探不同阶级之间如何化解恩怨，探一探群众的力量如何让山河变得更加美好。

这里适合温情政治，也适合人间烟火。

我在似懂非懂之间，爱上了枫桥，一个纵身就跳进了枫溪江的历史，成为一朵快乐的浪花。

平安枫桥

此生有幸，我能参与到一场长达15年的对话。

新世纪刚拉开序幕不久，之江来了新的领航员。他驾着新时代的红船，来到枫溪江，发表了富民、安民、乐民、康民的动人演讲。15年过去了，他的声音仍然在枫溪江畔回响。

我循着这声音，来到枫溪江上游，听到黄檀溪与白水溪在展开民主协商，如何让水流灌溉好百姓的日子，如何让平安梦与富裕梦一道交响。

我又来到栎桥村，来到杜黄新村，来到新择湖村，那些美丽得让人心醉的村子，唤醒了我基因里几代人的梦。这里铺陈的就是小康的画卷，鲜嫩欲滴的生活在画上展开。

这里适合风调雨顺，也适合蜜汁流淌。

当我翻读一片红叶，我读到共和国的心跳，读到新时代的美好。

乡愁枫桥

此生有幸，我在得意不骄、失意不馁的年龄走进枫桥。

但这一生多少染了些风霜，失了些从容。枫桥，是一帖难得的良药。这里的山水都能进入诗行，九里山的梅骨朵足以抵抗寒霜，小天竺的香烟可以镇邪祛魔，百姓的笑脸映照十里荷塘，善良的神祇巧解一切烦恼。谁要是心存芥蒂，就来这里照一照真理光芒，吸一口纯净禾香，听一句蛙唱，一定能快快疗伤。

这里适合青年做梦，也适合中年疗伤。

爱满枫桥，情溢心房。我来这里找寻精神的乡愁，"枫桥经验"的火把已经把道路照得通亮，正义与秩序就在前方。

（原载《人民公安报》2018年11月9日）

谁是英雄
——蓝翎之鹰之八

梁史卓

维和是一方国际舞台，如果说我们闪耀过，那么这些光芒并不是我们自带的，而是这个舞台赋予每一个登场的人的。如今从舞台上谢幕，我们对那顶蓝盔无限眷恋，对光环并不贪婪，前路漫长，放下过去的人才能行得更远，唯愿一生如此，能与梦为伴，以梦为魂，让短暂的生命，永生在人类共同追求的伟大梦想中。

逆战而行

"你们在那里打过仗吗？"
"没有。"
"那你们在那里做什么？"

"时刻准备迎接任何战斗。"
……

一个和平的环境并且恰逢一个和平的年代,让许多沉浸于此的人们对炮火抱有过多的想象甚至是神往,这只是一种对未知的好奇。然而就如同真正优秀的战争电影,能让观众看后沉默不语进行反思、反战,而不是恨不得与刀枪不入的主演一同冲锋陷阵将"敌人"粉碎拯救世界一样,利比里亚一年维和时光中的所闻所见所思,让我们的热血有了新的温度,让我们所有人对和平、对战斗、对当代军人的使命有了更深层的理解。

枕戈待旦草木皆兵相对于战场的枪林弹雨并不见得有多么惬意,当你冲向敌人,你至少明白谁是敌人、他在哪里,那么当你并不知道谁会成为敌人、他在哪里,却同时又完全暴露在对方眼皮底下的时候呢?无论多么风轻云淡多么宁静安详,一丁点的闪失就足以将你推上头条,巡逻执勤如是,日常生活如是。临战不是安逸,是战斗的另一种状态。

不间断的训练,不间断的演习,不间断的高强度戒备,again and again,我们从未因为周围的宁静而遗忘随时可能响起的枪声;从单方研判制订开展相应的训练方案,到中尼(尼日利亚)双方联训联演、促进战时协同配合,再到中尼利三方混合联训,我们始终极力将目光放到最大最远,努力夯实、壮大维护利比里亚和平的基石——利比里亚的和平,这不是一个人的战斗!

在蒙罗维亚人潮涌动的街头,人们能看到我们;在辽阔的热带草原,人们能看到我们;在荒蛮的原始森林,人们依旧能看到我们。我们将红旗带到利比里亚的任何一个地方,七次千里长巡,数万公里漫长的征程……

这一年,我们是这样过的。

加百利大桥上的弹孔历经十余年依然如此清晰,非洲大酒店的废墟守望在蔚蓝浩瀚的大西洋边等待希望的曙光,头顶着篮子沿街兜售商品的孩子渴望校园……谁都无法确知这个国家距离它的崛起究竟还有多远。我们没有去丈量这样无所谓的距离,而是务实地将自己的汗水洒在铺就每一寸通往未来之路的浩大工程之中：31天的警务培训或许短暂，但却史无前例意义非凡；150人的利国受训警队最初衣衫褴褛自由散漫，在防暴队严明军纪的耳濡目染之下，在军事教官的言传身教之后，脱胎换骨一般惊艳亮相，在维护总统大选和平举行等重大任务中立下汗马功劳，众人皆叹今非昔比。这背后是防暴队锲而不舍的斡旋和智慧的交锋，培训利国警察的巨轮才得以在西方主宰的对外培训"极地"实现破冰，帮助利国迈出能力重建的关键一步；与利比里亚港务局签署合作协议，开展港区联合巡逻行动，推动港区治安稳定；走访学校、贫民窟、孤儿院，将中国的友善和情怀带给经受苦难的人们，在他们的世界里打开另一扇明亮的窗，得以眺望自己的未来……

这一年，我们是这么过的。

孤悬海外，一无所依，我们同样成为在利华人的期待。为凝聚在利华人，防暴队高举红旗，自主设计建成首个海外党建教育展厅，发出"齐心向党、聚力报国"的倡议，得到驻利使馆党委的高度肯定，23家援利机构、中资企业，近千名华人华侨积极响应，走进防暴队寻找自己的"精神家园"，猎猎红旗在西非高高飘扬；将驻利华人企业所在地纳入武装巡逻范围，强化走访巡逻密度，指导建立联防队并开展安保培训，每月开展送医上门，跨越万里将华夏同根的暖流引渡大洋彼岸……

这一年，我们是这么过的。

气候恶劣，基础设施匮乏，后勤保障的阵地同样面临着硬仗，那么，就将"南泥湾精神"融入西非吧！兴建无土栽培蔬菜大棚和绿色生态养殖场，规划完善文体活动场所，打造健康的绿色家园；修建混凝土结构武器库，重新设计搭建岗亭和营区防御工事，架设海康卫视智能监控平台和营区电子围栏，构建防暴队营区铁壁铜墙；与解放军254医院、中国援利医疗队、巴基斯坦二级医院建立合作援助关系，构建一专多能、多位一体的保障体系。制订卫生防疫应急预案和疫情防控措施，确保奈瑟氏脑膜炎和"埃博拉泛滥"传染性疫情暴发期间全队"零感染"；依托党建联创，积极开展对外联络,建立十个生活补给点,形成覆盖首都蒙罗、辐射利国全境的战地特色后勤保障网络,实现全境全时执勤无阻力;精细拟制回撤方案,反复清点梳理装备底数,测算货箱数量、尺寸,制作货箱、有序装箱,圆满完成对利警用装备捐赠仪式,以"零延误、零违规、零差错"高标准完成闭营回撤任务……

这一年,我们是这么过的。

没错,我们就是这么过的,没有炮火硝烟,没有血肉横飞,可这就是我们的战斗。和平究竟意味着什么?它意味着你可以自由地行走在任何一个地方而不必担心突如其来的伤害;它意味着在你孩子生日的时候,你可以在不远的糕点店里挑选一款巧克力蛋糕;它意味着你只要努力,就能看到自己人生的希望……在无法避免战争的时候,我们只能以战止战,但在无须战争的时候,我们更愿意用守卫来避免一切战争,并时刻准备接受任何冒犯生命、冒犯道义的挑战!

这就是我们的战斗,直面随时可能降临的危机,以不分昼夜地坚守,让那里的民众在夜晚都能拥有美丽的梦,让那里的民众拥有支撑自己的信任和希望的力量,让那里的民众重新走向自己的未来,逆战而行,以希望之光代替枪火,与人们一同缔造久旱之后和平的甘霖。

那么,逆战而行的我们,是不是英雄?

向爱而生

这一段,我希望从自己的故事说起,不去撕开任何人的伤口。

得知父亲癌症晚期,是在河北集训期间。而今,转眼之间,恍若隔世。

河北的冬天很冷,从南宁一路走到河北,我一直期待那里会有一场白皑皑的雪,下在出征前的路上,始料未及的是那场雪却以这样的方式模糊了我的整个世界,儿子也恰逢此时,在这个纷乱的冬天降临。集训结束,我回到两千多公里外的老家,小山村的冬天是萧瑟冷清的，推开那扇熟悉的家门，我犹豫着终于喊出了那声"爸"——我很期待听到他的回应，却又更害怕听到的回应软弱无力。许久后，内屋响起轻微的声响，脚步声缓慢，他左手扶着门框，低头走出来，抬头看我的时候，我确实不再认识眼前这个枯瘦如柴的男人了。

我们聊了许多，无关病情，是些他平时喜欢听我在部队的新鲜见闻。听到集训的精彩时光，他疲惫地露出了一名迟暮老兵的微笑。我必须承认我在某一个短暂的时间里犹豫，究竟要不要就此停下，为了送别我的父亲。他也曾在一次谈话中小心翼翼地跟我说，要么你别去了？我是家中长子，他不明利比里亚的情况，生怕我有去无回，家道就此崩塌。

我们都知道这些关于前进还是退却的徘徊毫无意义，正如同讨论一名斗士究竟该不该上战场一样，有些事情终究不是能以生死作为衡量的。他不可能发自内心地期望我就此止步，这么多年的养育，他要的是怎样的儿子，他自己明白；我也不可能就此放弃，于国于人民，我有使命；于家于后辈，我有责任；于抱负，我不能一辈子都在做梦；于他，我一直在努力成为他想要的那个儿子。

"爸，我走了。"背起行囊离家那天，恍如20多年前每个上学的早晨一般。

"去吧。"他气若游丝。

到达任务区后一个月，我失去了他，永远地……

我在大西洋畔将尚未完稿的一篇文章烧作灰烬，希望天堂的父亲此时能看到——自小他就喜欢对我的文章评头品足。然后给他点烟倒酒，就那样陪他坐了一宿，乞求他的理解和原谅。

对不起，我必须走，爸。

在利比里亚的一年里，有36名队员遭受了亲人去世、父母患病等变故，如果说我们为了自己的追求和使命而毅然踏上万里征程，那么身后只求一家团圆平安度日的家人，他们又有什么理由什么义务为此做出如此巨大的牺牲呢？在这一切的牺牲当中，他们是无辜的。他们深切地爱着我们，无条件地爱着我们，为我们担负起我们所"逃脱"的那些责任和痛苦,独自品尝着遗憾和等待……

当回国的飞机在南宁降落,我在舷梯上看着停机坪人潮涌动、翘首看着我们,在他们的眼里满满写着"英雄"两个字,我握着鲜花羞愧难当。

我们究竟是不是英雄?

不,我不是。

我只是那个有幸被冠以英雄之名的人,身后用爱支撑起这一切的人,他们才是缔造英雄的英雄!

以梦为魂

未来属于有梦想的人,我始终这么认为。

梦想、使命、信仰,究竟是什么东西?以我理解,追求这些的人,是有意识将自己与一般生物区分开来,脱离低级生存层面,让自己成为更完整的人。

那么,这些被许多人定义为"伟光正"的词语,究竟有什么耻于谈及、不敢奢望?

回国之后,我之前的一个同学在微信里回复我:应该能立个什么功了。我说:无须论功。他继续回复:不要跟我谈使命。看到回复的第二秒,他躺在了我的黑名单里。

实质上他可能并没有冒犯我,但他冒犯了我心中最圣洁的那块领地,我将坚决捍卫使命之尊严。此事琐碎,却依然让我困惑难当,为何在太平盛世的当下,在尚有多余的喘息能去追求精神境界的时候,有人却选择了在物欲当中随波逐流?追求更好的,这难道不是人类本能的一部分吗?

追究拷问这个问题许多年,甚至让我背上了诸如"愤青"之类的许多"头衔",如今我万幸获得机会以自己的经历为证,去佐证自己所说的一切的时候,我终于发现这是一个不需要任何声音去回应作答的问题。考究这个问题的结果,受益的从来不是那些执迷不悟的客体,而是思考者本身,他在以思考和实践证明这个论题的过程中，事实上已经逐步找到了自己梦想的正确打开方式。当防暴队被授予利比里亚"国家杰出贡献奖"、"国家荣誉奖"的时候，当 140 枚联合国勋章挂在 140 副炽热的胸膛之前，我更加肯定这一点，梦想不仅属于勇敢坚毅的人，更属于实干的人。

与梦为伍，最让人幸福的除去它被实现时的满足，还有在追逐它的时候，每时每刻充满内心的希冀和热情。

在为 LNP 培训的某一天，训练间隙我曾与一位当地警察交谈。他很热情，在接受了我们的课程之后表示很受益，当然，对于防暴队教官的素养表示 amazing，他说非常感谢你们来到我们的国家。我说这是我们的使命，也是我们的心愿。

他迟疑了一小会儿，转成疑问的口吻小心翼翼地问我：But why are you here?

是啊，从他们的角度难以理解，我们为什么来这里？

我筹措了一会儿言辞，说：在中国，当我们遭受苦难流离失所的时候，我们除了努力修建自己的家园之外，同时也对自己说"如果整个国家都这么美就好了"，于是我们团结起来建设我们的国家；当我们埋头逐步把我们的国家建设好的时候，我们会抬起头看看世界对自己说"如果整个世界都这么美就好了"。So, we are here, for human's future。

他笑了，我想他听懂了大概意思，举起手与我碰拳。事实上当时我还是很窘迫的，因为我想告诉他一个新的概念——人类命运共同体——这是一个很 cool 的中国概念，无奈我的英文不够 cool。

一滴水的命运是等待干涸，但当它将自己投入到大海之中，就能掀起滔天巨浪，个体如是，个体的梦想亦如是。构建人类命运共同体，这是中国的大担当、大梦想，维和让我们更近距离地观看这幅蓝图，切身体会在描绘人类未来时内心的激动和喜悦，那些褪去荒芜重见天日的屋舍高楼，那些扫去阴霾重新焕发生机的脸庞，那些在废墟之中苏醒、重新振奋的臂膀，都是这个逐渐实现的大梦想的一部分，是它让我们成了"大千世界里的那片白色羽毛"……

后记

最后一次记录蒙罗维亚时间：2018年2月28日14时30分。

难以忘怀在《中国边防警察》维和专栏逗留的这段时光，感谢杂志的错爱，也感谢于雷主任"穷追不舍"的培养与关怀，更感谢那么多的读者聆听我们的故事。

可事实上，如今回顾每一篇文章，我总觉得如同自己蹩脚的厨艺一般，依然缺少一些能让自己满意的东西，这是我感到遗憾的，我没能把事情做到最好，因此有时候也想，或许一开始换做其他人来负责讲述这一年的故事，会比我更对得起大家的期待。

着笔《蓝翎之鹰》最后一章，是在回国几日之后，在此之前一直忙碌着电视台纪录片的拍摄和微电影国内片段的充实。着笔此后记，已是山村夜里的11时，四周静谧，越发让人想念蒙罗维亚的时光，此时那里应该艳阳高照吧？

28日踏上舷梯，彻底结束在利比里亚的最后一步，那一刻的空间维度仿佛被打乱一般，停止，或者倒退。最后一次穿行在蒙罗的大街上，透过车窗望向仿佛与一年前一模一样的街道，竟觉得亲切而难舍，如故灰色的路面，巨大的广告铁架，凌乱的建筑，匆忙的人群，习惯真是个矛盾的东西，一旦沾染上它，就沾染上莫名的精神依赖。

一年到底有多久？那一刻我对准确估量时间彻底失去了信心。

当初叩打我车窗的小姑娘，此时终于走进了校园，还是依然在街头徘徊？格林威尔留守维和营区的警察，他是否还在空无一人的板房间来回查看，他知不知道这一次我们真的不再回来？采沙场的老乡，我们走后，请你一定要多保重身体……

哈！我多么希望这只是一场梦，可又无法确定自己醒来之后，是希望出现在我的祖国，还是在一万三千公里外我们曾战斗过的地方。

我只能继续往前走，必须往前走。

或许现在的我,依然还在那个梦里。
再见,利比里亚;你好,我的祖国!

(原载《中国边防警察》2018年第4期)

和法医共进午餐

李　佳

法医，很神秘？再神秘，也要吃饭。

因为工作缘故，我有幸和法医一起共进午餐，而且不止一次。吃的是食堂，最普通的两菜一汤或三菜一汤；共进午餐的法医是一位年轻人——85后，长的倒不像电视里的何冰或者欧阳震华，也没什么相貌出众、骨骼清奇，但确是真正的法医，真到"骨子里"。

Z法医从小立志做法医，大学读的是法医专业，毕业后进了公安分局刑事科学技术研究所，成为一名法医。别看年纪刚满30岁，Z法医可是"身经百战"，经他手解剖的尸体有几百具。哦，这里还有句题外话，需要法医解剖尸体的情况，可不是都像电视剧《大宋提刑官》或《鉴证实录》里演的那样，发生了案件，实际上所有非正常死亡或无法确定死因的情况，比如上吊、落水、跳楼、猝死……都需要法医出场。所以，他们可比想象中忙得多。

法医也怕，最怕不能揭开死亡真相

"我经历过最恶劣的情况，是检查一具死亡好几个月的尸体。"

难得与法医共进午餐，我少不了问东问西，以满足潜藏已久的好奇心。听到我对他的工作感兴趣，Z法医慢悠悠、边吃边讲起来："还没完全白骨化，但已经高度腐败，尸体上、房间里，蛆和虫卵堆了厚厚一层，要接触到尸体，必须先把这些扒开……"此刻，我感到腹中有东西在上下翻腾，Z法医若无其事地继续道："房间里的味道，简直无法形容，只消在里面待十分钟，那味道便一天都散不去，闻过之后，几个月也忘不掉。对了，吃饭时是不是不该说这些？"

"没事，我神经大条！"其实，我已经暗暗后悔刚才提了这么"极限"的问题，而Z法医呢？依然泰然自若，吃得津津有味。

"你们法医是不是什么都不怕的？"

听到这个问题，他突然停了下来，若有所思，许久才说："怕啊，我当然怕，每次出现场，都如履薄冰；有一些案子，我现在想想，依然后怕。"

Z法医说，最让他后怕的，是几年前深秋出过的一个现场。那时，他刚从"刑警803"跟班作业回来，开始"单飞"，正是信心满满的时候，自认为在"刑警803"见识了各类疑难案件，还跟随多位知名法医取到了真经，可以一显身手了。

"出现场，其实最难，容不得半点儿差错。一个案件的定性，有时就在最微小的细节上，差之毫厘，谬以千里。"

死者是一位老人，日常与妻子居住。报案人是他们的女儿，女儿下班后过来看爸妈，妈妈出门遛弯儿还没回来，爸爸倒在客厅地板上，已经没有了呼吸。

"现场很平静,乍看上去,没有一点儿异样,符合突发疾病猝死的特征。"Z法医开始按照常规检查。一般没有什么疑点的尸体,尸表检查起来是很快的,也就十几分钟,从上到下,从头皮、颅骨、眼、鼻、嘴、前颈,到胸腹、四肢、后颈、背部,记下体表特征(以备出具进一步结论)后,就结束了。尸体检验完成后,即可进入火化程序。

本以为老人的尸体也是如此,可当他检查到老人的嘴部,尸体唇黏膜上一块非常小的、斑片状皮下出血——如果没留神也就错过了——让他蓦地警觉起来。这块出血的位置,很怪。他连忙用镊子翻起老人的嘴唇,往口腔深入查看,在颊黏膜上赫然也有出血斑点!"这种情况,基本可以考虑是捂闷口鼻的外力所致。"他立即通知现场侦查员,侦查员第一时间启动重大刑事案件侦查程序。后经调查,是老人的妻子与他发生口角,用一件背心将他捂闷致死。

至于老人尸体表面为何没有出现明显机械性窒息死亡特征,Z法医至今仍百思不得其解,或可能是老人年纪大、血液流通缓慢所致?人的体质本就千差万别,医学界至今仍有许多未解之谜,但此事着实让他后怕,如果那块细小的斑点,自己当时没有留意……

"我最怕的是,因为自己的失误,没能揭开死亡真相。作为一名法医,我时刻提醒自己,一定要仔细,要对死者负责!"

法医的餐桌是跟着案子走的

虽说法医也得吃饭,但他们的餐桌可是随意得很,它可以"摆放"到任何地方,只要跟着案子走。

Z法医在很多常人想不到的地方吃过饭,比如,殡仪馆。

那是一个盛夏,酷暑难耐。这时节正是法医们最痛苦的时候,每出一次现场,必须头套、手套、鞋套全副武装,检查完毕少不了汗流浃背,若再遇上气味"无法形容"的那种,个中滋味也只能自己体会了。然而,却偏偏不巧。

川杨河惊现漂浮尸块!这可是大事。那一天,民警们先后进行了三次打捞，每次找到数块尸块，大小不一，形状不规则，没有包装物。"碎尸是最考验法医技术的，可供识别的东西太少，需要判断的东西却很多。"对于Z法医这样一位初出茅庐的青年法医而言，无疑更是一次重大挑战。

没想到，他"初试牛刀"，便遭遇了挫折。

他的判断，几乎没人支持。大多数人认为，这是一起典型的杀人分尸案。理由很充分：尸体的躯干、颈部有多处被锐器划过的痕迹，分尸的手法也非常暴力。但85后的Z法医却"不走寻常路"，脑洞大得没边儿了。检查完尸块，他又跑到川杨河边，蹲下去观察了许久后，才宣布自己的结论：死者是溺水死亡的，尸块是过往船舶螺旋桨打击所致。

结论一抛出，"一石激起千层浪"，他和同事们之间立即陷入激烈争论，互不相让。最后，有一位同事说："你若坚持'凶手'是螺旋桨，就拿出依据来！"

为此，Z法医专程跑到上海航海博物馆。干什么去？研究螺旋桨！医科大学科班出身的他，身上有一股子"学究气"，凡事不关心则已，一关心必得刨根问底。大学的求学经历对他的影响很深。要说医科大的学生什么样？"一手拉着（装书的）拉杆箱，一手拎着暖水瓶，低着头来去匆匆"的便是。直到大三，他终于明白自己为什么要读这么多书了，原来人体上的问题，哪怕再小，也必须将许多学科融会贯通后才能解决；老师上课从不划重点，因为"人的病可不是按照重点得的"。久而久之，他习惯于即使面对再小的知识都要学精、吃透，触类才能旁通。

这一回，他跟螺旋桨较上了劲，在航海博物馆泡了整整一天，把工作人员问得快不耐烦了，又盯着各类螺旋桨前后左右地看，边看边在脑中想象它们旋转起来的样子。收获真挺大的：他发现不同船舶的螺旋桨有三片、四片、五片之分；螺旋桨的外缘不像刀那样锋利，可以界定为锐器，也可以界定为钝器；它们发力的方式他也基本搞清了。

从博物馆出来后，他又去了一趟殡仪馆，把尸块取出，依次拼好。这下,他感觉结论更清晰了:有好几块尸块正是一次切割造成的。

回去后,他展开了精密论证,"人体卷入螺旋桨,体表的衣服将随之快速卷起,形成旋转力、剪切力,进而造成巨大暴力损伤。这种损伤与锐器分尸最大的区别是切面凹凸不平,此案的尸块就是这样,比如这块大腿骨。"说着,他找出一张现场勘验照片,"看,有部分骨盆被带出,切面血管长短不一。另外尸体的四肢摸上去,几乎粉碎性骨折,平常的分尸也不会这样。"

"骨折也有可能隐藏着致死原因呀,比如剧烈碰撞。"

"是啊。还有尸体表面的锐器伤又怎么解释?"

……

虽经一番精密论证,Z法医依然没能力排众议。实在争论不休了,所领导决定:去"刑警803"请专家出马。

专家到来后,一行人又去了殡仪馆,准备重新检查尸体。尸体是冷冻的,必须先解冻才能进行。就这样,大家在殡仪馆等候了两个多小时,午饭自然也是在那儿解决的。法医专家检查过尸体后,说:"螺旋桨的结论是谁做的?非常准确!"

讲到这里,Z法医不经意地伸出右手,正了正眼镜,脸上现出些许得意。

经常错过饭点儿,最爱吃的是面条

"你们做法医的,爱吃什么?"

Z法医说,这个问题问到点子上了。"吃面条啊!"原因呢?面条又快又解饱。法医的时间表是跟随案件走的,而案件的发生可不看时间,所以错过饭点儿是常有的事。错过了怎么办?自行解决。虽说前一个现场结束了,却不知下一个现场何时来,吃饭自然不能慢条斯理。于是,面条便成为绝佳之选。

法医真有那么忙吗?"一般倒还好,但也不排除极端状况。"因为有严格的责任制度,除日常上班外,每一名法医都要负责值班当天的所有现场。有一回值班，Z法医一连出了七个现场，上吊的、落水的、跳楼的、猝死的……各种类型的死亡几乎让他在一天中碰到了，打中午11点离开刑科所，他一直忙到半夜2点才回来，出现场的指令一个接着一个，前一处忙好还来不及歇脚，便又要向下一处飞奔。

虽说检查尸体的时间不长，但前后程序十分复杂，比如填表、做现场记录；通常还需提取死者心脏血液样本，以备做毒理分析；有时还要做家属的解释工作，若遇到不理解或情绪激动的家属，解释起来则更加困难。

纵然烦琐，但这些对于一名职业法医而言，却都是必不可少的。Z法医始终牢记着师父的言传身教，那位有30多年从业经验的老法医最常挂在嘴边的一句话就是："每一个案子都必须经得起时间检验。"而用以"对抗"时间的，不仅仅是过硬的技术，还有规范的程序，更有一名法医源自内心深处的认真。

还是Z法医刚做法医那会儿的事。有个案子的家属找来了，是十多年前一名男子跳楼自杀的案子，他师父跟的。原本案发当时，家属并无异议，谁知事过境迁之后他们竟不依不饶地"讨说法"，一口咬定死者不是自杀，是被人推下去的。见到这阵势，他当场就蒙了：十多年前的事可如何说得清！师父却不慌不忙地从一堆旧档案中，找出一本厚厚的"勘验记录"——案发时还没有推广电脑记录，全部是手动，翻到该案的"尸体检查记录"，只见备注一栏明明白白地写道：现场有百余人目睹事发全过程。那群家属当场就蔫了。

从师父身上，Z法医继承了"认真"二字。"单飞"之后，他看现场也非常细致，不仅是尸体检查，所有可能与案件相关的现场情况，他都一一记下，他跟师父一样深信："不与现场关联的尸体检查，是没有意义的。"

所以，做法医赶不上饭点儿，再正常不过；真忙起来，能吃碗面还是不错的，若要忙得狠了，可能连面都来不及吃。2013年，Z法医所在辖区发生一起杀人案件。现场是Z法医负责的，他还没吃晚饭就赶过去，做完现场检查后紧接着做尸体解剖。凶器是一把散弹枪，百余粒仅有大米一半大的弹丸打入被害人腹腔，他的任务之一便是将其一一取出，既为固定证据，也是对死者的尊重。解剖持续了整整八个小时（通常的尸体解剖时间在两小时左右），全部忙完的时候，东方已然现出鱼肚白，看来别说是吃饭了，连睡觉也省了。

"没什么，习惯了。"Z法医的神色平淡，波澜不惊。

"你们是不是觉得做法医特别神秘？"一提起普通人对自己工作的"误解"，Z法医总有几分"不平"，"其实我们的专业很接地气的。"

看到我一副难以置信的表情，他就近举例："餐桌上就用得到。吃过猪肝吗？"我点点头，他接着说，"买猪肝就可以用上我们的专业知识。肝是由一片片小叶组成的，如果得过肝硬化，这些小叶就碎成粒状；人是这样，猪也是这样，你仔细观察就看得出。还有买肉，肌肉由肌丝组成，腐烂到一定程度，丝就全部断掉，不新鲜的肉摸上去有'捻发感'，就是捻着一撮头发的感觉……"

见我来了兴致，他又指指我面前那盘酸辣黄鱼，继续道："还有这鱼，一般从眼睛上，我们就能判断出新鲜度。""这么神奇！怎么做到的？""看到我眼睛中间的那个黑色圆点吗？那是瞳孔。生命一旦消失，这个黑点可就不是这样清晰了。那时眼角膜中的黏多糖慢慢分解，呈雾状扩散，瞳孔最终会被覆盖。""那么能推测出准确死亡时间吗？""当然了！不过具体做法可不能外传，我只能告诉你，瞳孔若完全消失，死亡时间肯定超过两天。""快帮我看看这条鱼新不新鲜！"Z法医微蹙双眉，观察片刻，道："鱼炸过了，尸体破坏严重。"

唉！实验受阻，遗憾。

（原载《新民晚报》2018年6月5日）

小城英雄

刘美兰

江南的六月是潮湿和溽热的,绿皮火车在慢慢走,车窗外是绵延的低山山坡、梯田、石桥、河流、人家,偶尔也能见到河谷和岗状平原。去京山要两个小时的车程,火车很准点,傍晚时分,世外桃源般的大洪山南簏映入我们的眼帘。

我们记者采访组是为一位交警的牺牲而来的,京山市副市长、公安局局长杨剑一直等在站外。

杨局长浓眉炯眼,一身半旧白色暗红条T恤,晒得红红的脸庞像老农民一样憨厚亲和,他双手紧紧地握着记者们的手说辛苦了。他面容疲惫,双眼布满血丝。我们了解到,从交警老刘牺牲的那晚起,前后四十多天里他还没有好好地睡过囫囵觉。京山是个宜居慢城市，交警老刘的牺牲在当地成为一件大事情。

牺牲交警叫刘贵斌，是一位从警二十多年的老警察，同事们都叫他老刘。事情要回溯到 4 月 30 日，在一段群众用手机拍摄的视频里，我们可以看到当时发生的一切，一辆往返高速行驶掉头的小轿车，以及劝说着群众离开危险现场在跑动的交警。在最后抖动的画面中，依稀可见一个穿着荧光背心的身影一瞬间就没了，那个身影就是老刘。这是一起意外事件，这辆轿车男主因家庭矛盾导致情绪失控，于是疯狂驾车几次欲冲向人行道，惊险、虚妄、不可预测的危险行为引起当晚在现场执勤交警老刘的高度警觉。老刘是一中队副中队长，当即组织现有警力对道路两端进行封闭，实施交通管制，并设置路障对肇事车辆进行拦截。

老刘被撞时，市局政治处主任廖承枫也正赶往新市镇文峰路口。小城初夏夜街道上散步的群众不知马路上发生了什么，都想涌上前去一探究竟。廖承枫心急如焚，一路上他看到的是潮水般的人群，并听到一声巨响。他在街边那棵香樟树下看到了倒在血泊中的老刘，老刘已昏迷不醒。快叫救护车，机警的他又在香樟树十来米外找到昏迷的黎姓群众。老刘是和黎姓群众同时被 120 急救车送进医院的，当晚老刘永远闭上了眼睛，而黎姓群众苏醒过来却无大碍，他回忆起老刘大吼一声"快闪开"并将他猛推一把的关键细节。

一声吼，一把推开。这就是老刘留给人们最后的记忆。

小城不大，杨剑每天都会去那棵香樟树下看看，每到那棵树下，他都会喊一声："老刘哇，我来看看你哟。"老刘已去，香樟无言。这是一棵六七米高的香樟树。老刘倚靠着它倒下的地方，是被那辆轿车车头撞裂开的树皮，一片凹凸不平的深黄色伤疤可显示出被撞击的力量。老刘默默地走了，尽着最后的本分，什么话也没留下，如一道流星划过天际。摩挲着那片粗糙的树皮，杨剑用一个老刑警的视角目测着轿车往香樟树撞击来的速度、方向和距离，并在街头来回走步丈量着，他在猜测着老刘当时的选择。当时的老刘就站在这棵壮实的香樟树下，如果要躲避撞击上来的轿车，他只要抱着那棵树一转身,香樟树就是最好的屏障。杨剑发现了老刘的秘密,最后那一刻,老刘完全可以逃生,但他没有,而是把生的选择让给了群众。

这个发现让杨剑很悲痛,他理解老刘,老刘是警察,危险来临时,他严格履行了自己的职责。一声吼,一把推开,就是他生命最后时刻的下意识动作。在那棵香樟树下,杨剑垂首默立,黯然神伤,站了很长时间。

你认识刘警官吗?面对我们记者组的采访,路过的群众一脸茫然,他们不知道刘警官是谁,他长什么模样。而当记者问起那天晚上这条街道上发生的情况时,他们都知道,这里牺牲了一位交警,这位牺牲交警还救了一位群众。

老刘到底是个什么样的人?老刘是英雄吗?这也是我们记者组要深度挖掘采访的。巴掌大的小城,二十多年的时光里,热爱警察职业的交警老刘几乎在每一个岗位上执过勤,在每一条街道上巡过路。风雪中,酷暑里,已经如路旁护卫着人们出行的香樟树,平凡、普通,没人会注意他的模样。

带着疑问,我们来到市局政治处。老刘牺牲后,政治处主任廖承枫成为"最忙点",处理好所有的事情后,他又带着杨松鹏、谢征宇、徐娟等,跋山涉水,走访了老刘生前的战友、同事和好友,历时一个多月,收集整理了老刘三十多个小故事,串珠似的为老刘短暂的人生增添了绚丽的色彩。

沿着这三十多个故事的方向指引,我们记者的采访在京山也进行得很顺利。一点一滴,事事件件,老刘在我们面前的形象开始清晰和丰富起来。

老刘当过兵,1994 年参警,从警 24 年,在基层交警队干了 18 年,是公认的业务骨干。1984 年农历腊月初八,年仅 16 岁的他因父亲去世挑起了生活的重担,成为了村里的护林员。不久,一向身体无大恙的母亲被确诊为癌症晚期。为给母亲治病,老刘在部队卫生所药房当了一名临时工。20 岁时,母亲去世。一年后,深受军人思想熏陶的他,辞去卫生所工作,回到家乡参军入伍。在部队,老刘也是个好战士。1988年9月8日，驻地突发山火，部队紧急集合组织救火，火海余烟中衣衫褴褛的他，受到连队嘉奖。同年11月5日，老刘在为连队挑水时，又救起一位放牛跌倒在溪间差点儿丧命的老大爷，老大爷家属找到连队千感万谢。一年后，老刘被提拔为班长，并加入中国共产党。由于表现突出，他又被抽调到高炮旅旅部担任军需管理员，在一次上级组织的突击检查考核中，他对于自己管理的军需物品摆放规范整齐，能做到"一口清"，被荣记个人三等功。后来，老刘转业回到京山当了一名普通交警，这一干就是二十多年。当然，我们也了解到，老刘有性格，从不帮亲朋好友打招呼办私事，亲戚都认为他不近人情；老刘还有脾气，经常对看不惯的歪风邪气破口大骂；老刘更有胆量，哪怕对方有刀，只要你敢做坏事，他就能冲上去勇敢搏命，打得你落花流水……

生命的过程苍凉如水，却又如此青翠动人。

京山山水秀丽，民风淳朴。从古至今，这方土地上英雄辈出，是一个崇尚英雄主义精神的小城。老刘在生命的最后，用最朴素的行为证明了他是京山人，更是个好警察。

老刘走后的第二天，正值五一。老刘读大学的儿子刘成特地从学校赶回来，却没等回常常在节日里执勤的父亲。年轻的刘成听到父亲的噩耗后，泪水如瀑，疯狂地跑呵跑，跑到老刘倒下的香樟树下长跪不起。

望着已长大成人越来越像老刘的儿子，老刘的妻子神思恍惚，好多天都没有缓过劲儿来。多少年来，她已经习惯老刘就是她的天。老刘没了，她的天也塌了。生活总要继续，悲伤后仍然要面对未来的日子，现在的她已不再有眼泪，而是时常在儿子的陪伴下，来到这棵香樟树下，与老刘说会儿家长里短。那一天，当她高兴地告诉老刘说，儿子刘成正在复习，已准备报考人民警察公务员考试，过几个月也可能成为一名警察时，她听见香樟树树叶静默了一会儿后，"哗哗"地在风中"笑"出了声儿来。她相信，老刘是真听见了。

山水有情，人理相通。老刘走了，小城的群众认为老刘就是他们心中的英雄，于是他们开始用自己的方式表达着对英雄的敬意。这里有一种绿林义侠老酒，每天，都有络绎不绝的人群在老刘倒下的香樟树下洒酒祭奠，并献上白色的百合和黄白色的菊花。那棵带着伤疤的香樟树，已成为交警老刘伫立在街头执勤的化身和象征。

几天的采访结束了，我们在离开小城时决定再去看看这棵香樟树。我们远远地看见，经历这场劫难后的香樟树，醒目的伤疤还在那儿，但它似乎更加茁壮、蓊郁和巍峨起来。

老刘牺牲后的第五天，京山市政府正式授名这棵香樟树为英雄树。每当人们走过它时，似乎就感觉到老刘还在那儿来回奔走着指挥交通，心里边顿时就会踏实温暖起来……

附：刘贵斌事迹和荣誉

刘贵斌（1968—2018）男，湖北省荆门市京山市人，大专文化，中共党员，三级警督警衔。1987年11月入伍，1990年10月退役，1994年11月参加公安工作，在基层交警中队工作17个年头，生前任京山县公安局交警大队一中队副中队长。刘贵斌同志在部队服役和工作期间，多次受到上级表彰奖励，荣立个人三等功一次。

2018年4月30日晚，刘贵斌同志在京山县新市镇城中路段处置一起小汽车司机以危险方法危害公共安全的警情过程中，犯罪嫌疑人驾驶车辆冲向刘贵斌所在的人群区域，刘贵斌为保护群众被撞牺牲。2018年6月，京山市委追认刘贵斌同志为"全市优秀共产党员"、市政府追认刘贵斌同志为"市劳动模范"；荆门市委、市政府为刘贵斌追授"全市五一劳动奖章"。2018年10月31日，刘贵斌被评为2018年湖北省"荆楚楷模"，被推荐参加湖北省第五届"最美警察"评选。2018年11月，公安部追授其"全国公安系统二级英雄模范"称号。

（原载《湖北日报》2018年7月18日）

刑警日志

顾颖颖

（一）

时间：十二时三十分　　地点：某某咖啡店

与其说触景生情，不如说景因情生。一样的咖啡店，一样靠窗的位置，虽只隔着一层玻璃，光线的暖和已大打折扣。屋外那株斑驳的老梧桐，耷拉着脑袋，一片片派送着焦黄的枝叶，似有意无意地打发着深秋的落寞。记忆里，一年前的景色并不如此。那日午后，阳光好暖，笑容好暖，就连老梧桐都是一副洋洋得意的样子。

我看了一下手表，已经到了约定的时间，下午还要去看守所提审，如果对方拖沓一会儿，恐怕连喝完一杯咖啡的时间也没有了。所幸来的人很守时。如果不是母亲多次催促，我想我还不至于用相亲的方式去认识一个女孩儿。相亲是步入婚姻的传统方式，传统之所以得以延续，是因为依然适用。曾经我总认为自己不属于这一类人，一把吉他一支情歌，追女孩儿是很容易的事。但那仅限大学时期。做警察真的可以历练一个人，让人从少不经事变得沉稳，而人一旦沉稳，在某些方面就变得迟钝起来。比如一年前，我被毒犯咬伤独自去了医院，女朋友知道后和我分了手。我接受这样的结果，没有人愿意承担整日的胆战心惊，即使心痛也没有挽回。直到她结婚前告诉我，不怪我让她担心，只怪我不愿和她一起分享伤痛。看，我是多么迟钝。

此刻，眼前的女孩儿面目清秀，讲话斯文。她说她是语文老师，喜欢安稳的生活。我笑笑。大概语文老师话都不少，然而她侃侃而谈也让我轻松不少。从内心出发我挺愿意继续聊一会儿，但手表显示快到一点，我只好抱歉，称还有工作。她礼貌性地回应了一下，就不再说话，尽管勉强保持笑容，却难掩失落的神色。我匆匆离开，像极了毫无绅士风度的旁观者。浓郁的咖啡香留在了身后。

刚到单位门口，就看到阿沐开着警车等在门口，我加快脚步进宿舍换好制服，又立马出来。阿沐是我的师兄，比我高两届，永远一副整装待发的样子，就像现在，从昨晚到现在睡了不到五个小时，却依然坚守着一分都不差的精准时间观念。他常说时间就是生命，我开始不以为然，而在日积月累中，却也渐渐体会到了这句话的分量。一点十分出发，到看守所一点五十。下午提审的嫌疑人狡猾得很。五十岁，没有正当工作，以盗养吸，作案手段高明，抗审能力极强。如果不是近期连续作案，我们也不会贸然行动。按照法律来讲，流窜作案刑拘三十天，这三十天至少不会再发案，但阿沐相信我们可以做的远不止这些。

（二）

时间：十九时　　地点：民警老陈家

出看守所就接到老陈的电话，让我帮他把制服拿回去。今年局里福利好，给每名民警拍套穿制服的写真。老陈出差回来后休养在家，说要提前将制服熨一遍，拍照的时候才精神。其实出差前他就知道自己患了胸腺瘤，只是那个案子他是主侦，他说非他去不可。

身体里的瘤并不可怕，可怕的是心里的瘤，是社会上的瘤。老陈笑咧咧地，仿佛那颗坏东西并不长在他自己身体里。说着他仔细摸起那身制服，从肩章到警号，再到袖口的纽扣。他低着头，一头稀稀拉拉的头发，是无数个熬夜后身体的反馈，就像这个季节田地里的枯草，焦黄、脆弱，无力再去修饰裸露的土地。

知道我去，老陈早早备好了茶和水果。他将果盘往我跟前推了推，跟我叨念起以前的事。虽然人年纪越大，越容易忘事，但某些记忆是深深烙印在了心底，又浅浅地挂在脑海，随时都能拿出来回味，与人说起又是一清二楚，毫不含糊。老陈说起自己踏入警队的第一天，站在镜子前端详了很久，看着镜子里的一身橄榄绿制服，他暗自下了两个决心：一是永不辜负这身制服，二是将这身制服穿一辈子。老陈又说起自己第一次出差，是跟着师父一同去安徽抓个逃犯，开到了队里唯一一辆桑塔纳，那个兴奋，比中了奖还开心。谁知那辆车刹车不大灵，追捕过程中没把控好，跟路边杆子撞上了，不过说那时候的车倒是结实，人就没那么好运了，腿上落下了一道长口子。我知道这腿上的疤痕只是老陈身上的其中一道罢了，抓人的时候他胳膊断过，安保的时候额头碰过。只是这些疤痕在从警岁月的荣光中自然风干，成了最不起眼的事物。

每个人的一生总有许许多多的故事，而每个警察的故事都离不开"从警"这个话题。似乎人的一生已与做警察画上了等号。就像眼前的老陈，病痛令他眼睑、脸颊逐渐凹陷了下去，仿佛铁锤落入了泥沙，可他讲起故事的时候，眼中透着光，充满希望。

老陈讲得高兴，以至额头出了不少汗都没有察觉。我告诉他晚上还有任务。他坚持送我到门口，又像是忘了些什么似的叫住我，小金，办案子不怕线索少，"零口供"也不可怕，关键记住办案子的初衷。我向他点了点头，如同多年的默契，一个动作就能心领神会。此刻老陈需要的是一个期待，而我能给老陈的，是一个承诺。

走出老陈的家，外面风很大，可我并不感到冷。

（三）

时间：二十一时三十分　　地点：某某分区指挥部

晚上九点多，办公室和白天并无二样。十九大召开在即，即使没有收到集体加班的命令，所有人都不约而同到了单位。手头上的事，是一道解不完的方程式。

我给自己下达的任务是看监控，这还是老陈给我的启示。看守所那位始终一副"事不关己"的态度，毕竟现场和暂住地什么都没留下，难怪他如此"自信"。然而作过案就会有痕迹，我始终坚信这一点。办案的初衷是为了老百姓，与老百姓息息相关的莫过于损失的财物。这名惯偷总需要一个地方来藏匿这些财物。我要找到这个地方。

阿沐说看监控是在与孤寂对话，我却说看监控挺像与自己对话，无法完全沉浸其中，就无法听见内心真实的声音。看着监控画面从彩色到黑白，是我投身其中经历的白天与黑夜。正因是自己的经历，即使重复无限次的失败，却也能将这看成是成功前的锤炼。"你永远不知道下一秒发生什么，因此在此之前的每一秒都要做好准备"，这是我多年总结出的经验，很多时候也确实受用，人需要信念。

阿沐突然从背后拍了我一下，我才发现不知不觉已经过了两个小时。阿沐的妻子在银行工作，近期在外地培训，晚上他带发烧的孩子去医院挂急诊，打完针又将孩子送去父母家，之后返回了单位。阿沐说人多力量大。我将监控从前往后看，阿沐倒过来看。嫌犯出现的时间是少数，剩余的大部分画面只能称之为空白，谁都恨不得抛去这部分，享受现有的那部分成果。可监控中的世界又何尝不是生活中的世界，空白占据生活的大部分，人要有耐心度过这个时刻，才有希望见证精彩。明白这个道理后，看监控不再是难事，生活也不会是难事。

判断不置可否，我和阿沐在地图上画上了圈，相信答案马上得以揭晓。我们相视一笑，在对方脸上看到了自己眼睛红肿的模样。

小蕊轻轻敲了敲门，叫我们去吃夜宵，此时设卡、集中行动的人已经返回，办公室又是一阵热闹。小蕊是单位内勤，芳华年纪却总戴一副天然的"黑框眼镜"。她说现在男女平等，加班也要算她一份。以前上学的时候喜欢听收音机，特别是午夜故事，用一副文艺青年的心思揣摩这个黑夜的孤独。如今活在一条永不止息的转轮上，除了不停往前奔跑，就是不断思考怎样跑得更快，竟发现黑夜从不孤独。刚刚设完卡回来的磊哥称赞今天的夜宵烧得好，而原本今天是他小女儿的满岁宴。站在走廊悄悄打电话的小范，以为没人发现他的"秘密"，为了任务他诠释了现实版的"忠孝两难全"，他母亲今天有个手术。阿青前几天破了大案，抓了个持"一公斤"毒品的毒贩，只是脸上也因此破了相。子鹏的扁桃体发炎了三次，他说十九大以后病床才宽裕。还有派出所的几名破案组兄弟，坚持着任务的最后收尾。

我突然想起一句诗：青春的血脉总是沸腾，火炬的传递总是无悔，因为那才叫，生命的意义。

后记

我们顺利找到犯罪嫌疑人藏匿赃物的地方，在以审判为中心的司法体制改革下，犯罪嫌疑人最终以"零口供"被顺利逮捕。

老陈的胸腺瘤经确诊为良性。

咖啡店外的梧桐落叶纷飞，引来大量摄影爱好者的青睐。老梧桐扬扬得意,恢复了一派昂扬的姿态。我坐在咖啡店,等待女孩儿的到来。看着10月24日发来的微信,内心竟有一丝小小的激动:为坚守岗位的人民警察战士致敬。如果有空,愿否续上一杯未完的咖啡。还是离你们单位最近的那家咖啡店。——语文老师

(原载《刑警纵横》2018年第3期)

攀爬者

空　灵

一棵杜梨树孤零零地站在河东岸的凸台上，是三乡五里数得着的一棵大树，足有十几米高，成人大腿粗。

杜梨树身边有一条看上去并不宽的河。每年夏天水位很高，水会爬上凸台，到达杜梨树脚下。那时我五岁，家里人做梦也想不到我会蹚过没过膝盖的河水，去爬这棵杜梨树。我知道爬树与攀岩有异曲同工之妙，均是考验体力和四肢协调能力的运动项目，只不过对于一个不过五岁的女孩来说，爬上那么高的树，着实不易。爬是爬上去了，但是双手紧紧抓住粗一点儿的树股，双脚站在V形的树杈上，腿抖得像筛糠，我想退下去，可不敢，担心粗粝的树皮把裤子划破，惹母亲生气。

我被困在树上，跟被困孤岛的人无二区别。我想许多人都经历过困境，人从爬行进化为站立行走，解决的不过是肢体问题，而尊严是这种肢体所解决不了的，人需要群居，又需要独立，如果没有独立的人格、独立的思考能力、独到的见解的人，就谈不上生活得有尊严。二姐为娘减轻负担，私自做主到外村去捋菜，她爬上很高的一棵树，捋了榆钱往斜挎的布兜内装，不小心将一片树叶落下，恰遇主人从此路过，她抬起头见一毛丫头，破口大骂不说，还唤来一条恶狗，对着二姐狂吠。二姐在树上央求道："大娘，要不是我爹病着，急用钱，俺绝不捋你家榆钱。"二姐说得对，父亲因结核病困在炕上，家中连下锅的米都没有，哪里有钱给他看病？二姐捋菜到集上卖掉，才能给父亲买点儿药。榆树的主人听后，一声长长的叹息，说："闺女，捋吧。"

回想当年，我的亲人为了把我从土窝窝拽出来，是何等的用心啊！每月开不足六十块工资的二姐夫，把五十块钱递到我手上，我知道这五十块钱对于一个家庭意味着什么。二姐和二姐夫两人加起来工资不足百元，外甥女尚小，母亲下地劳作，都在指望这百元。我回报五十块钱的是刻苦学习，努力再努力，从清晨画到黄昏，从数九画到三伏。冬天手脚上的冻疮，裂开跟婴儿小嘴一样的口子，向外渗着鲜红的血，老的刚愈合，新的冻疮又形成。三伏天，握笔的手如水浸泡，像民工一样肩膀上搭条毛巾，时不时擦擦汗。莫非冥冥之中自有安排？还是我愚钝，辜负了亲人？总之我没有拿到开启大学门扉的钥匙，反而进了一家军工企业。

没有能考上大学，我从虚无缥缈的理想天空中，跌落在地，把握画笔的手在算盘上滑翔、在钞票上跳舞。职业是谋生的手段，我用这手段开始养活自己，没有年休假，没有礼拜天，每天像上满发条的钟摆，那些当兵的过年回家，家在市里居住的我，则留守在单位，面对很多贴上封条的办公室。单位新买了双鸽打字机，在别人学不会的情况下，我愉快地接手，为之后攀爬上另一枝头埋下了伏笔。把铅字敲在蜡纸上不难，难在背诵密密麻麻的倒字、反字字盘，不像电脑键盘，声母加韵母会繁衍出无数汉字。很快，我把噼啪噼啪的声音，敲出均匀的节奏。在这"很快"二字后面，是我手指的深深酸痛。

如果我像如今有些年轻人那样，认为会得多，干得多，是傻瓜，那么五年后，我会同曾并肩工作的同事一样，成为下岗工人，面对窘境，我不知道跌倒后还会不会爬起来。说这番话，并不是轻蔑下岗职工，是我确实尝到"机会永远留给有准备的人"的暖意。三十年前，打字员在当时竟然是有技术含量的人，三名公安局的打字员考上政法干部管理学院，马上开学，可找寻了一圈，没有会打字的，于是，一块"馅饼"砸在我头上。

在村里，婶子大娘夸我苗条，像牵牛花，我不喜欢花朵，但是喜欢多年藤科植物。在我看来蔷薇、爬墙虎、葡萄架、野麻等，有一种为了尊严而活着的力量，一种忍耐寒冬酷暑摧残而不折腰的力量。我从它们身上可以感受到那种不可言喻的东西。那个星期天，看上去慈眉善目的一位领导笑呵呵地交给我三十多页的稿纸，说是下午开会用，要求我在两点前打完。为了按时完成任务，我中午连饭都没顾上吃。我把长长的文稿变成数页蜡纸，带着一脸的虔诚敲开那个领导的门，将蜡纸恭恭敬敬递到了领导手上，谁知领导展开蜡纸看了看说："对不起啊，让你加了这么长时间的班，可是会议取消了，你回去吧。"说着，那湖蓝色的蜡纸就被领导那双看上去宽厚的手揉成一团，丢进了废纸篓。我不敢言语，心中是酸苦的……我困在那里整整两年。每天工作量有多大，我难以用准确的词汇描述，反正两年多一点儿的时间，我从正常视力下降为睁眼瞎。日复一日，年复一年，我觉得自己像是一根藤在键盘里攀爬，从稚嫩爬向成熟。

我终于成了警察。为了自己与警察身份匹配，我继续攀爬。参加过司法函授自学考试，取得了中专文凭，当普及大专时，又投入公安大学自学考试中，好不容易考过一半多课程，拿到所谓公安内部承认的结业证书，却遭遇国家不承认学历的尴尬。一两千人被困瓮城而面面相觑，只有我和好友的爱人，选择杀出一条血路，报名河北师大法律系，三十好几岁，拿到国家承认的红本本。只问耕耘,不问收获的我,竟然在即将叩响知天命之年时,升职正科。要知道很多人因学历问题,提职愿望折翼,被困在原地。

著名作家塞壬在《奔跑者》中写道:"在写作中,我找到了另一种奔跑,它让我实现穿越个人黑暗地狱而抵达天堂的澄明……"我知道,塞壬是在写作实现自我拯救,对于我来说,原本拿爬格子自娱自乐的我,有一天在写作中,竟然看见了澄明,它诱使我甘愿虔诚地匍匐在地。这是我在攀爬工作高度的同时,作出的一个与物质无关,与内在精神息息相关的决定。在这条路上我爬得很轻松,并非我天生具备艺术细胞,而是我遇到了一直追赶我的良师益友,他们握着无形的鞭子抽打我。"句子还疙疙瘩瘩,需要揉开","缺少一条主线,把故事情节串起来",对于这些专业提法,我不是似懂非懂,而是一点儿不懂。于是他们不厌其烦地给我讲什么叫散文语言,什么叫主线等,在他们的帮助下,我的文章爬上当地报刊,又爬到省内外。

去年冬天,从花盆中冒出一棵无名草,叶绿如翠,初春,它长出带竖纹的藤,我殷殷地递它一根水晶绳,没有想到充满智慧的它,用玻璃丝一样的蔓抓住了!它爬之前,先长蔓,在水晶绳上绕了一圈又一圈,然后再长藤,这棵无名草现在即将爬到窗口。那天我正端详无名草,看见有只肉眼刚能看清的小虫,顺着藤向上爬,小心翼翼的,如同缩小无数倍的我。

爬,无名草在爬,我也在爬。

(原载《人民公安报》2018 年 5 月 25 日)

这一刻，湿漉漉的警服最美

卢 嫈

这是一张侧影，照片里的他，身着警服，浑身湿漉漉的，神情显得有些黯然。

他从警 27 年，当了 27 年的交警。这些年来，他处理过无数次的交通事故现场，也抢救过很多事故中的伤员。此刻的他，眼神里却带着深深的遗憾，甚至是些许的自责：如果交警中队能离事故现场更近一点儿，如果围观群众能第一时间下河救人，也许，就能挽回这对不幸遇难的母子的生命了！

这是 2018 年 8 月 21 日的清晨，江苏宜兴。前一晚的他，像往常一样在单位带队值班。他，是一名基层交警中队中队长，他所工作的和桥中队辖区内有和桥、万石等镇，地处常州、无锡、宜兴三地两市通衢，路网密布，交通复杂。

这一天的早 6 时 40 分许，110 指挥中心传来警情，万石镇有一辆小轿车失控冲入河道！

放下电话，他迅速召集民警冲出了值班室，从和桥镇到万石镇有十几里路，途经多个路口，不到十分钟，他和同事赶到了事故现场。只见河面宽阔，约莫 30 米，河道里布满了芦苇，一辆小轿车四脚朝天，深陷在河道里，仅露出底盘和车轮在水面上。岸上，围观群众里三层外三层，有两三百号人，人们七嘴八舌地议论着，但不知道河水有多深，没有人敢下河去救人。

救人要紧！顾不上脱下警服和皮鞋，他一下子跳入河中。

由于河底都是淤泥，加上浅水区的芦苇荡和捕鱼的围网、地笼，他的双脚陷入了淤泥中，每走一步都需要用力拉拽才能摆脱。虽然自己很多年没下过水了，也没有什么游泳经验，可年近五旬的他，顾不上多考虑，心里只有一个念头，救人！救人！

事故汽车陷在离岸有十来米的淤泥里，头朝着岸，尾对着河中央。车头处水深有半人多高、车尾处水深达两米左右。他艰难地涉水前行，尝试着用力拉开驾驶室的车门，却发现车门被河道里的淤泥和地笼网卡住了，根本拽不开。他又摸索着游到了车尾处，边查看情况，边想办法施救。经过一番水下摸索，他发现汽车右侧的后车窗打开着，伸手进去，摸到了一个软绵绵的小身体，"有人！"几乎是没有考虑，他一个深呼吸，迅速下潜到河水中，半个身子钻进了车厢，一把抱住了后座上的一名幼童，浮出了水面。

可让人遗憾的是，因为溺水时间太长了，这名年仅 5 岁的幼童被送上岸抢救时已经没有了生命体征。接着，他又现场指挥施救，事故车辆很快被起吊上岸，开车的女司机也因溺水时间太长不幸身亡。虽然自己是拼了全力，可看到这样的结果，他还是非常难过。

他想起了三年前初夏的一个周末，那是 2015 年 6 月 28 日，一场来势汹汹的"暴力梅"给了宜兴这座江南小城一个"下马威"，气象部门预警信号为暴雨黄色预警。那天下午，暴雨如注，他和家人开车途经徐舍镇鲸溪桥时，远远地发现一辆侧翻在路边的轿车，车里有人正在拼命敲玻璃窗。见此情形，他们立即停车，跑了上去，只见侧翻的小轿车内有一名中年女子和一名两三岁的女童被困，女童正哇哇大哭。考虑到雨天路滑，再加上路上车流量较大，很容易发生二次事故，极有可能造成人员伤亡，他迅速组织救人，将困在车里的人员安全救了出来，接着，又和路人齐心合力，把侧翻的车辆翻正。看到被救的女子和女童只是受了些惊吓，并没什么大碍，他帮她们报警后，悄悄地离开了现场。虽然不知道对方姓名，可就像从警这些年来，他一次次地参与施救过的交通事故现场一样，看到人员安全了，他的心里才感觉踏实了。

要对得起自己身上的警服，对得起胸前佩戴的党徽，对得起自己的良心，面对网络、微信圈疯传的救人照片和纷纷点赞，他淡然地说，自己是一名人民警察，只是做了自己应该做的。

他叫王永良，一名普普通通的老警。他是我的爱人，也是我的警察战友，我为他由衷地感到骄傲。

（原载《人民公安报》2018年8月31日）

父亲的警服

梁 艺

1970年,父亲由工厂调入公安机关。那时,公安系统的派出所、看守所、治安队等基层机构均实行服装公用制,民警若因执行任务需要公开着装,经领导批准后方可穿上唯一的备用警服。父亲很幸运,分到交通队做了一名岗台民警,从而拥有了一套属于自己的66式警服。

66式警服呈上绿下蓝颜色,其实就是不折不扣的空军干部服。由于来自二次回收品,衣领磨损厉害,露出了毛边,还残存些许泛黄的污渍。尽管这样,父亲仍如获至宝,回家后挪出大木盆倒入温水,与一群家庭主妇挤到楼道里埋头搓洗,直至那块洗衣皂塌陷大半。时值回潮天气,警服到了第二天一早仍滴答着水珠,偏偏这时县公安局来电话催促紧急集合,父亲只好套上湿漉漉的衣服就往外走。

1972年,公安部出台有关改革人民警察服装的通知。交警系统率先换发了斜纹布的白色单警服,另外配发了大檐帽、双接头皮鞋,以及棉大衣、雨衣、解放鞋、挎包、水壶、武装腰带等军用装备,交通民警单靠仅有一套警服打天下的窘困有所改善。父亲穿上新警服,特意去镇上的照相馆拍照留念,小县城的现役军人本来就不多,上白下蓝加上领口挂红旗的海军装束更为罕见,父亲走在路上,"回头率"瞬时爆棚。

72式警服保留了军装的传统式样,讲究领口紧闭。盛夏,铁皮裹顶的交通岗亭被烈日烤得滚烫,父亲和同事们坚持对照警容镜子整理风纪扣,一丝不苟地指挥来往车辆,任凭汗水渗透警服。

因为白色警服与军装相似度极高的缘故,父亲曾经遭遇啼笑皆非的场面。那是他参加一次进山搜捕盗窃耕牛团伙的行动,对方仗着人多势众,做着垂死挣扎的反抗。过路群众看到民警们与嫌犯搏斗的激烈一幕,赶紧到生产大队报告,慌乱中错将公安人员讲成了解放军部队,结果以讹传讹,最后变成了"海军战士围捕敌特被打伤"的描述。打伤"最可爱的人",这还了得?村庄顿时群情激奋,纯朴的近百名村民操棍提棒,纷纷怒吼着冲向现场,很快帮助民警擒获这股气焰嚣张的惯盗。

进入20世纪80年代,广大公安交通警察站到了捍卫改革开放事业的前沿,亦成为改革开放发展的受益者。1981年,的确良布料风靡市面,竟然到了凭票限购的地步。父亲领到了数套同等质地的制式夏装,面料挺括且透气性好,让母亲好生羡慕。

1985年,南宁交警换着83式警服。那年夏天,父亲到自治区公安厅开会,会场里,代表两代警服的橄榄绿与纯白色泾渭分明。有些换了装的参会民警佩戴起蓝盾肩牌,大檐帽则采用马鞍形帽型,还增添了黄色袖线和肩绊等专用配饰。父亲感受到了时代的进步,顿觉自己"土里土气"。回到单位后,他和别人聊起南宁之行的所见所闻,总要提到83式警服,他说:"城市交通在发展,咱们交警形象同样与时俱进，也要享受改革带来的实惠。"

果然，1985年以后的警服改革加快了进程。常年战斗在马路一线的交警享受到优先装备的待遇，比如其他警种还穿着的确良罩衣，交警已开始配发风衣和马裤呢冬服，据说参考了部队团级干部的着装标准。

1989年，自治区公安厅发出换着89式警服的通知，增发了长袖内衬衣和枣红色领带。领带属于舶来品，让习惯风纪扣的父亲和民警们犯了难，他们反复试着缠绕，愣是打不成结扣。不知道谁提的议，最终模仿少先队员的红领巾，打了一个粗大的死结，结果弄了半天竟然解不下来。这个笑话在队里流传了多年。

1990年"五一"前夕，父亲的衣领上又有了变化。他那副20年一贯制的红领章被金属质领花所代替。紧接着，女交警戴的大檐帽改成了短立筒有檐帽。那些年，公安交警承担的城区交通管理、市容整治、涉外警卫任务逐渐增多，上级对交警队伍提出了更高要求。从那时起，父亲上岗执勤时必须佩戴白色手套，指挥手势标准规范，辅以铁制哨子。同时，交警队首次引进港警版的红色反光背心，愈加贴近国际化发展。

1992年，父亲在《广西日报》上关注到全国公安机关即将实行人民警察警衔制度的新闻。次年，他和同事们佩戴了警督或警司警衔，领口金光璀璨。父亲最欣赏的莫过于换发了名为"一拉得"的简易式领带，免去了过去缠绕的麻烦。

2000年，99式警服定型，父亲再次迎来从警生涯中的服装变革。藏蓝色警服、银闪闪的警衔配件完全颠覆了人们对传统警服的军绿色印象。新式警服设计科学合理，摒弃了老棉袄的沉重臃肿，例如多功能大衣轻盈暖和，面料可以防御雨水侵袭。父亲感受最深的，是单位第一次来了生产厂家的测量人员，现场量身定型，彻底转变老式警服单一的号型。

穿着新式警服，每逢雨季，父亲不用担心像以前传统黑色雨衣容易与暗色雨景融为一体，不便交通指挥，而是自信满满地站到水淹路段中央，为过往车辆充当醒目的"路标"。高亮度的衣服银色涂层，在暗色的天气下闪闪发光，胸口配置了对讲机，使父亲指挥的手势灵活许多。

父亲感慨："一代又一代的警服改进，让我们在执勤岗位上轻装上阵。这不仅是一件衣服，更是国家对我们民警的关爱，对社会和谐寄予的厚望。"

父亲退居二线的那几年，仍坚守在交通事故处理调解岗位。他一直强调"形象重于生命"的理念。在他眼里，警服不是一般的衣服，而是承载着一份使命与担当。因此他十分爱惜警服，生怕熨斗将警服烫破烫皱，便用搪瓷口缸盛满开水反复熨烫的土办法，确保每天以严整的警容警姿出现在工作岗位上。

2005年，参加公安工作满35年的父亲光荣退休。他在闲暇时清理大衣橱，总会翻出警服，或熨烫或晾晒，恍若捋着那些波澜不惊又情深似海的从警岁月，充满欣慰与珍爱。

（原载《警察文艺》2018年12月）

甜甜与山果

旷胡兰

红色、绿色、蓝色、紫红、橙黄、金黄……五彩的星星,一颗一颗,粘贴在一张淡蓝色的纸片上。每一颗五角星,均是用小纸片精心折叠而成,精巧,可爱。望着这一颗颗色泽艳丽、散发着金色银色光芒的小五角星,我恍惚中感觉它们变成了穹顶的星星,不停地闪着智慧和明亮的光。每一颗星星之间的空隙处,是各色彩笔写下的文字:一颗颗星星,都饱含着我对您的感恩!

这是一个名叫"甜甜"的小女孩送给我的新年贺卡。

打开贺卡,其中一面写满了她的感谢和祝福,另一面,粘贴了一个小熊挂件。小熊毛茸茸的,很可爱。小熊的左右两边和下方,同样贴上了十几颗缤纷绚丽的小五角星。我不禁想到，这份贺卡，该是用了女孩甜甜多少的心思和精力，花了她多少的时间。再仔细看那一页文字，整齐，细密。"阿姨的支持和帮助是对我最大的鼓励，使我读书更加上进……我会一直把您的好记在心中，千言万语汇成一句感恩的话，谢谢您对我的捐助！"

甜甜，是一名初中学生，家中兄妹三人，父亲常年患病，母亲靠种地和打零工艰难维持一家人的生活。甜甜聪明懂事，成绩优秀，然而作为长女，她随时会有因家中经济困难而辍学的可能。见到她时，是在深冬季节。一件红色旧棉衣，套在瘦小的身上，蜡黄的脸上扑闪着两只大眼睛。看着她，我想到了三十多年前的自己——那个面黄肌瘦、身材矮小的黄毛丫头。见到我，她显得有些拘谨。我走到她跟前，轻轻揽着她的肩，将一个装有一千余元现金的信封递到她的手里。"好好学习，阿姨还会再来看你。"我轻声对她说。"谢谢阿姨！"她抬眼看了看我，又低下头。那声音里有真诚的感激，也有着隐隐的紧张。春节时，她用她妈妈的手机给我发来了祝福短信，并说"我一定会好好努力，不辜负您的关心和期望"。转眼，甜甜升入了初中三年级。我又来到她的学校，将新学年的学习和生活费交给她。甜甜照样显得那样激动。她的胆子似乎大了一些，不像先前的紧张。"阿姨，你真好，我长大了一定要报答您。"她微笑着对我说。我拍拍她的肩，"阿姨不要你报答，阿姨只希望你现在抓紧时间好好学习，为着美好的未来而努力，明年的中考，愿你取得理想的成绩。"她懂事地点点头，和我道了再见，就飞快地跑进了教室。看着她的背影，我仿佛感到她瞬间长成了美丽的少女，在某个大学校园的小路上，轻快地走着，青春的脸上洋溢着灿烂的笑。

我知道，在偌大的中国，像甜甜这样的女童不在少数。特别是一些边远贫穷山区，人们受教育程度普遍偏低，一些一时难以改变的状况，还有某些家长的愚昧和麻木，使得一部分生活于新世纪的孩子，从小缺乏成人的照顾，缺乏良好的成长环境，甚至享受不到受教育的机会。前些日子，读到一篇题为《山果》的文章，文中写道:"火车在沙窝站只停两分钟,窗外一群十二三岁破衣烂衫的男孩和女孩,都背着背篓拼命朝车上挤,身上那巨大的背篓妨碍着他们。我所在的车厢里挤上来一个女孩,很瘦,背篓里是满满一篓核桃……她是半夜起身,一直走到天黑才赶到这里的,在一个山洞里住了一夜,天不亮就背起篓子走,才赶上了这趟车。卖完核桃赶回去还要走一天一夜才能回到家。"这一趟艰难的来回,路上只有两个红薯面饼子充饥。卖出一篓满满的核桃,除去车票钱,也只能剩下十五六元。山果的质朴和善良让大家感动,车上人争着买她的核桃,几个农民工还尽自己所能,捐了一些钱给她。人间总有爱和温暖。只是,这样一群孩子,正是上学的年龄,显而易见,他们早已离开了校园,或者压根儿就没有进过校园的门。我不知道,这些偏远贫穷山区的孩子,何时才能摆脱这种我们这代人几十年前经历的生活,放下背上沉重的背篓,同享花一样的童年和少年。

读完这篇文章,我感到一阵心疼,眼泪忍不住流了下来。这个名叫山果的小姑娘,还有一个个如山果那般的少年,他们有美好的明天吗?

(原载《人民公安报》2018 年 9 月 21 日)

一位排爆英雄的初心和坚守

蓝 茹

"苟利国家生死以,岂因祸福避趋之!"这是很多人脱口就能说出的名言,也是很多人常常写在日记本、台历上或文章中的警句。

在山东省济南市公安局特警支队作训处副调研员、全国公安系统一级英模张保国的办公室里,我没有看到它;在张保国刊发于《防爆》杂志"卷首语"栏目上情真意切的美文里,我也没有发现它的踪迹;在他所提供的《第十一届全运会防爆安检工作经验介绍》、《石破天惊斗狂徒生死关头显本色》、《浅谈爆炸犯罪特点与对策》等十余篇广受好评的文章中,我也没有见到它的模样。但在几小时的采访里,我却不止一次想到它——张保国从军从警34年来历经危险而痴心不改的人生历程，与它是多么贴切和吻合！他坚定如初地奋战在公安排爆工作第一线的抉择和行动，与它所彰显的品格和追求，是多么浑然天成！

我几次想问张保国：知道这句名言是谁说的吗？如何理解它？

可一触碰到他平实如星光一样的笑容和神情后，我却说不出口了。采访临近结束时，我只抛给了他一个看似平常的问题：如何做到初心不改？

他先是呵呵一笑，然后坦诚地说，这个问题还真不太好回答，因为他没想过这事。面对每一次出警，每一个需要他和队友排除的危险爆炸物或可疑危爆物，他想的最多的是怎样在最短的时间里安全地排除危险，把可能带来的不良影响降到最小。

"这一切，都是自己应该做的。"他说的是心里话，也是这么多年来，他一直恪守的准则。他说，不知道这算不算是他的"初心"？

他曾经有过多次机会，可以离开或不再从事这种硝烟弥漫的废旧弹药销毁和危险的公安排爆工作。但每一次，他都选择了留下，选择了生死之间逆向而行的惊险和坚守，选择了"我是共产党员，我是排爆队长，有排爆任务我先上，如果我不在了，你们谁的党龄长谁上"的朴实和崇高。

1984年9月，张保国第一次穿上军装，走进了某军校弹药专业的课堂。班上有同学因不喜欢这个专业，主动申请或想方设法调整到其他专业。这种心情他理解。刚拿到大学录取通知书时，他的第一感觉是"来不及高兴就蒙了"。自己没有填报这所军校，更不知有这样一个专业，怎么会莫名其妙地被这所军校的这个专业录取了呢？

他的父亲，一名曾为军人、后转业到核工业系统的老军人，坚定了他"兵之初"的选择。"你既然填了'服从调剂'，就要信守诺言！这是一名军人起码的素养。"回想起父亲当年专门从千里之外的大西南请假回来的良苦用心和舐犊之情，张保国几次红了眼圈儿，说他压根儿没有想到，平时见面极少、威严又少语的父亲，会在那样一个时刻，给了他一个关于"服从"与"践诺"的教育。

时年十八九的他，并不能完全理解父亲的话，但却牢牢记住了那一刻所有的情景和细节，尤其是父亲临别时说的那句话："一名合格的军人，关键时刻要把自己变成枪膛或炮口中最后的那枚子弹或炮弹。"

就读的学校和专业虽非心仪，但张保国仍如鱼得水，入校半个月后，就被指定为副班长；三个月后，他再次令人刮目相看地成为学员中最大的"领导"——学员区队长，直至毕业。这让他在管理、服务大家的同时，也培养、增强了自我约束和积极上进的品格和潜能。"只有首先自己做好，甚至是做得更好，才能令人心服口服。"张保国说。力争优秀，就这样成为他的习惯。

毕业时，张保国顺理成章地被分配到了令人羡慕的军区机关所在地的科研单位，而班上绝大多数同学则去了基层弹药仓库或偏远的军工厂。

令人感到意外的是，张保国竟主动申请去了一个偏僻、荒凉的弹药维修和销毁部门，这让他的好多同学差点儿"惊掉了下巴"：水往低处流，人往高处走，别人躲还来不及，他却偏偏逆向而行，自愿跑到那个电视没信号、看的都是过期报纸的地方，且不说销毁废旧弹药的危险，工作、生活、科研条件的艰苦，就是找个女朋友这种个人问题，哪样也没法儿与省城相比啊！

张保国却用实绩证明了自己的选择。仅用了两年时间，他研制的"TNT装药倒空制片装置"就获了奖。即使是30年后的今天，这种装置仍在使用。这让张保国觉得非常地自豪。

之后，他基本上年年都会获得科研成果奖。其中他研发的"深井定向爆破引水技术"，不仅让部队报废的炸药有了重新使用的价值，更让百姓花费重金却打不出水或出水量不够、将要报废的机井，通过这项技术爆破沟通附近水源后，成功起死回生。村民们纷纷把核桃、大枣等土特产扔到他们乘坐的军车上，用来表达对张保国的谢意。

也正是在帮助群众挽救机井的过程中，张保国被一名帮村民打井的专家相中了，将自己的女儿嫁给了他。

战友们打趣说，张保国"打井打出了个老丈人"；张保国笑称，这是"赠人玫瑰，手有余香"。也许那一刻，在冥冥之中已预示了张保国"保家卫国"的良缘。

1997年年底，济南市公安局开始大规模销毁战争年代遗留下来的炮弹、炸弹、手榴弹、地雷等危爆物品，张保国作为弹药销毁方面的专业技术人员被派到公安机关协助工作。还没报到，就接到公安局领导安排的三个急活儿：翻译一个全英文的闹钟说明书，用四通打字机完成一份3000字材料的录入，写一个关于爆炸物品管理的讲课稿。

张保国明白，这是在考查他的英语、计算机和写作能力呢！他随便在哪一道考题中丢点儿分，就能远离这个既危险又可能不落好的"帮助工作"。但那不是他的性格。

一年半后，张保国"帮助工作"结束时，他这个被众人争相邀请的"香饽饽"却陷入了两难境地：一边是自己熟门熟路并已小有成就的军械弹药研究工作，一边是自己十分陌生且刚刚起步的公安排爆工作，该何去何从？

张保国委婉地征求父母的意见。父亲让他自己决定，母亲则建议他最好远离这种危险的工作；部队领导暗示他说，暂时还找不出像他这样年轻有为、有专业系统理论功底、熟悉通用军械弹药的专业技术人才……

最终，张保国选择了为百姓守护家门，并瞒着父母，选择了公安排爆这个让无数人谈之色变的危险职业。

2005年3月2日，依照惯例，张保国带领排爆队将废弃弹药运往山里销毁。一些媒体记者一同前往。当张保国给记者讲解销毁过程时，废弃弹药中的老旧发烟罐突然泄漏起火。

"快跑！"张保国向记者和同事大喊一声，紧接着飞快冲到火药堆旁，果敢地踢飞了冒着浓浓烈焰的发烟罐。记者和同事全都撤离到了安全地带，张保国却被瞬间蹿起的十多米高的大火团团包围，造成全身8%的面积烧伤，脸部二度烧伤，双手深二度烧伤……

转业到公安系统的19年时间里，张保国成功处置涉爆现场100

多次,排除爆炸装置和可疑爆炸物 130 多个,鉴定、排除、销毁各类炮弹、炸弹等 4000 多发(枚),销毁废旧雷管 30 余万枚、导火索 50 余万米、导爆索 1 万余米,完成重大活动的防爆安检、防爆备勤任务 900 余次。他曾先后荣获"中国青年五四奖章"、"全国优秀人民警察"、山东省"十大杰出青年"、"济南市(敬业奉献)道德模范"、全国公安系统一级英模等荣誉称号,荣立个人一等功 1 次、二等功 5 次、三等功 3 次。

这闪光的奖章和耀眼的荣誉背后,浓缩着生死之间逆向而行的惊险和坚守,更映照着一个普通生命对信仰和使命的大写——

"我是学这个专业的,我不去做,谁去做啊!"

(原载《人民公安报》2018 年 7 月 27 日)

南国北疆一样的边防

韩伟林

数小时,几分钟,甚至一瞬间,这样的一个个惊鸿片段,南方北方的边防在眼前零散而又整齐。有时觉得这样的邂逅叫缘,有时又觉得实在不值一提。其实,你在与不在、经过或没有经过,边防一直在那里。来来往往,好像什么也没有发生,却成为许多人回味隽永的集体记忆。

突然就发现了边防公路边的路标,红漆风化脱落,但那"巡逻路○"的汉字,我一眼就认了出来。路标毫不起眼,与近在咫尺的异国风情相比,好像真的不值一提。而我却如此敏感,也许是心房曾经刻下的深深印记?

就在那一年,我们来到了西南重镇——友谊

关,远远望去城楼上陈毅元帅的题字依然刚劲有力。因为临近清明,遇到了太多的身穿65式军服的老兵,不用问,他们是那个时代最为可爱的人。战事远去,但记忆不死灵魂不灭,幸存下来的老兵们带着妻儿孙辈,纷纷相约"千里祭英魂"。老兵胸前的奖章熠熠生辉,脸庞安详快乐,我相信那是经历血与火洗礼的独有气质,我们学不来。我想起了在内蒙古军区军史馆看到的包新峰同志革命烈士证明书。记忆在友谊关下醒来,北方的包新峰烈士也是南国星光木棉中的美丽一朵啊!返回大新的路上,我从车窗向外注目,快速移向远方的老兵,鲜花簇拥的烈士陵园,天地间的战友们一一相聚,该是幸福的吧!我们是什么?路人,享受者,观察者,甚至怀疑者?

中俄边境额尔古纳河右岸也有一座纪念碑,当地百姓和边防官兵称之为"卡官墓"。因中东铁路归属之争,1929年9月的一天,苏军200余人乘船越过界河,突袭中国边卡和居民,毕拉尔河卡官吕瑞甫率领兵民奋起应战,终因兵力悬殊,以身殉国。边防官兵每次巡逻执勤路过纪念碑,都会下车瞻仰。卡官当年守卫的边防,今人没有理由不好好珍视。

走边防,曾经是我的工作常态。有一年的4月,傍晚时分我们离开一个边防派出所,难得一见的黄羊野驴在边境防火道闪现欢腾。前边的车辆出现故障在修理,我便下车,借着车灯的光亮突然看到了两三米处的潜伏哨,一眼便发现了构造:草地下挖数十厘米够一人躺下,上面伪装的是一张朝北半开的小小迷彩篷布,战士明亮的眼睛在闪动。这也许就是"坚守"一词的直接含义。

我记住了大新,明仕田园保留的最为朴素的美感,黑水河湿地乘船穿越时空奔向安平土司府,还有清晨浓雾间泛着小舟捕鱼的农人,露天表演的壮家妹子低头腼腆一笑,甚至大山深处劳作的壮家村民,举手投足间都是那么友善。一处风景如果没有了其间生活着的人们,我不知道还会美在哪里。而当车队驶过一处交通要道的那一刻,我惊奇地发现,几名军人在执勤。啊,这儿是边防?那一刻我激动得就想向他们问声好,说我也曾是一名边防武警。优美过后,任谁也会承认,不论北疆还是南国,边境的艰苦,久了,足以吞掉不论何等人士的任何耐性。我们只是偶尔地路过,他们还要周而复始地执勤,这是军人的使命。当年我也曾怀恨一个个"组织",把我放置在没有意思的草原深处。歪七扭八的村镇,红砖砌就的营区便是我的一切,我想象不出还要待多少年月。但过后都成瞬息,那是怎样一种想往?一如一次次看着美丽的景致,出现了又消失了。那些景物都是世界,那些消失的也是世界。爱了,想了,就会觉得没有一种事物或者存在是一无所有的,就像草原,其实饱含了一切的生计取舍,那么灿烂地奉呈。

溪水从板价屯中央弯弯曲曲流过,沿溪错落而建的高栏屋,闲坐谈笑的村民就是风景。我们遇到乡儒农廷兴,从教师岗位上退休后热心于传播民族歌舞。他的家就是小型的展览馆,有手工织布机、民族服饰,还有满墙的反映"短衣壮"民风民俗以及世界各地来访者的照片。临近离开,我才知道板价也是边境村屯,便问一些边境上的事情。老人指了指前方的大山说那儿就是边界,在我熟知的北方地理概念中这应该是极短的一段路程,而在这里就不一样,三五里就是突兀出来的高山。高山上保留有清军修筑的炮台工事,那是保卫边疆的见证,20世纪70年代,越南特工觊觎山上清代树立的界碑,民兵连长指挥基干民兵硬是把界碑挖出来藏好。农廷兴说,就是怕对方特工将咱们的界碑挖出来偷走,对现有边境走向形成争议。

快要到达德天大瀑布,从很远就感受到了水浪轰鸣落下的气势,以瀑布的中心为界,此岸为中国,对岸即越南。1896年清朝政府立下的刻有中法两种文字的黑青色条石打制的53号界碑,就在瀑布上游,20世纪90年代我曾在边防期刊上见到过图片,如今能够实地看看抚摸一下自然是亲切无比。界碑还有一个典故,说是几个清兵奉命抬着界碑上山,看天色已晚,加之疲惫不堪,于是就地挖坑将界碑立了起来。就因他们的偷懒,国家丢了不少的领土。故事的真假有待考究,但我是相信的。

当年我在中蒙边境当兵,第一次见到的界碑是357界碑,后来退役下来的混凝土结构的界碑陈列在了中国军事博物馆，替代的花岗岩材质 815 界碑更加美观大气。而不远处建于 1956 年的国门，在 1962 年中蒙划界时那块土地划归蒙古国，国门也就自然归了蒙古，如今成了蒙方的国门。

清政府立下的 53 号界碑旁，2001 年我国又立起 835 号界碑。距离界碑数步便是越南边民搭建的边贸摊位，人来人往，非常热闹。当地同志提醒，那些摊位不要走得太深，商贩中混有的情报人员说不定就看着我们，越南商贩操着流利的汉语热情吆喝，由不得我们不大包小包采购一番，毕竟这里是两国和平友好的所在，而且我们看不出来哪些会是情报人员，听说皮鞋擦得很亮的是，到了本国重要节日情报人员还会穿上整齐的军服以示郑重，这一独特风景我们当然是无缘一见了。这里应该就是 2009 年两国达成共识设立的边境贸易互市小岛吧？两国边民及游客上岛都不用办理手续。在这里，我们脚一抬只用一秒钟就迈出了国。而下方的归春河静静流淌，划着竹筏的越南妇女划过河流主航道到我方追逐着兜售特产，十分有意思。这种情形在我到过的中蒙、中俄边境都是不可想象的。

我又想到了水墨画，水墨画技法是最为擅长描绘大新氤氲气韵的，我们也算在力透纸背的淡雅迷蒙中徜徉过一番。除了景，我更惊叹大新儿女如画般的超凡脱俗来。"2011 年以来，大新县连续 4 年社会公众安全感综合指数排在全区前列、崇左市第一名。而这，对一个靠近越南的边境县城来说，弥足珍贵。"这是采风期间，我在一家饭店报栏的《广西法治日报》上偶然读到的。这个"第一"为何大新独有？我想，除了决策者的建构，还基于这个西南边陲的和风细雨，温良百姓的需求。小桥流水，水绿木棉红，安逸与清贫，活跃的治安形态……面对这样的一个个阴柔情境以及凸显的矛盾转型，基层基础工作除了报道中写的，我不知道还会是什么。

自由地想着行进着，便想起路过一些边境村屯，看到不少"打击制贩毒"的标语，难怪随着中缅边境加大打击"金三角"毒品入境，绕道越南过境我国的毒品数量剧增。广西和越南的陆路边境长达 1020 公里，除了几个主要的口岸，大多数的边境边民们可以跨进跨出，毒贩们看中的就是这一便利的交通条件。大新，壮美秀丽的边境前沿，我记住了保卫者闪动的身影。

许多人会说，边防偶尔看看还新鲜，待久了那种单调真会把人憋出病来。一次，走进中蒙边境前沿的哨所，少尉哨长对我们发着满腹的牢骚，事实上我们能做的只是倾听。又一次，看过诺门罕战争遗迹，我们沿着边防线方向驶去，缓缓流淌的哈拉哈河发着光亮，高高的铁丝网，绿绿的草地，哨所的风力发电机在转动，军犬奔着我们的车追逐。这一幕一刹那便——向后闪过。

数小时，几分钟，甚至一瞬间，这样的一个个惊鸿片段，南方北方的边防在眼前零散而又整齐。有时觉得这样的邂逅叫缘，有时又觉得实在不值一提。其实，你在与不在、经过或没有经过，边防一直在那里。来来往往，好像什么也没有发生，却成为许多人回味隽永的集体记忆。

（原载《中国边防警察》2018 年第 10 期）

母亲的碗筷

邓醒群

他,一个警察;她,一个警察的母亲。

他,已经离开这个家十年了。十年来,母亲每天吃饭时都会在他生前坐的位子上摆放着一对碗筷,碗里当然盛着饭,桌上还有他喜欢吃的菜……

当年,他离开时还不到四十岁。以前,晚上,母亲总是要等到他回家才能安心地睡着;然而,他几乎都是早出晚归,有时甚至通宵达旦不回家。

他和妻子都劝母亲,晚上不用等,要她早点儿休息,但她就是不听,说,你不回来,我睡得不踏实。

自从他走以后,母亲不再这样等待了,而是

一日三餐在他坐的饭桌上摆上碗筷,十年从没间断过。母亲说,碗筷在,儿子就在,一家人天天在一起吃饭是天底下最幸福的事。

母亲的坚持,家里人从来就没有说过什么。一如,当初他毕业后考上警察这职业一样,当时,亲戚有不少反对他当警察,名牌大学的学生啊,怎就去当个小警察,真是没出息的主儿。但作为母亲的她只平静地同他说,相信你的选择是正确的,做自己喜欢做的事比什么都重要,我理解你,更支持你,你用心做好这份工作就是了。

当他被同事送进医院抢救时,医生无奈地说,来迟了,请恕我无能为力。

母亲闻讯赶来,用她不再柔软的手抚摸着儿子的脸,让他合上双眼时,母亲的脸上依然是平静的,只是手在微微颤抖着。

母亲这微微的颤抖是何等从容与决绝,没有泪流满面,没有呼天抢地,她把撕心裂肺的苦痛压在心底。然而,母亲的举动,已经远远超越了狭义上的母性与母爱。

在饭桌的空位摆上一双碗筷,有多少这样的警察的母亲在用这样的方式来与儿子吃饭,就有着多少让石人也心伤的故事。据资料显示,2016年全国平均每天都有一名警察牺牲;2017年全国因公牺牲的警察就有361名,他们的平均年龄43.5岁,这就意味着仅2017年就有361个家庭失去了儿子或女儿,妻子或丈夫。每闻噩讯我总会情不自禁地流泪,尽管这些战友都是素未谋面的。

"我没有泪,此时/心在滴血,头在长痛",我在《春天的祭奠》的诗中如是写道。有一个电视画面深深地留在我脑海,一个缉毒警察牺牲后,面对着躺在棺材里的儿子,他白发苍苍的母亲,挥手打在儿子脸上:"儿啊,你真不孝,说好我先走,如今你先行。"当我看到这儿时泪水夺眶而出,随后写下了一首《一个缉毒警察的葬礼》:"母亲坚毅的双眼没有眼泪/独自担当撕心的苦,撑起裂肺的痛/以世上最特殊,最荣光的方式/为你祭奠,为你壮行"。

"国家安危,公安系于一半。"和平时期牺牲最多的是警察,每牺牲一个警察就意味着一个家庭承受着失去亲人的痛与苦,特别是那些白发人送黑发人的。在鲁迅文学院读书时，原全国公安文联主席祝春林给我们讲课，在说到牺牲的民警有的还会被抹黑时，几度落泪，老人家的情真意切让我们无不为之动容。他说，警察作家要以笔为枪，维护公平正义。

"妈妈想你，你知道吗？妈念你，你为什么不说话？我不相信你已经走了……"公安青年作词家王永林在云南采风时以牺牲的缉毒警察为原型，现场写下了一首《回家》词，在场的云南音乐学院教授、老校长读完词后，老泪纵横，把歌词拿去谱曲。在警察这个行列中，感人至深的人和事无处不在。

"孩子，正月十五还值班吗？""妈，儿子争取十五当天回家陪您吃顿饺子，咱们一家好好团聚一次！"这是 2017 年 2 月 10 日，吉林省辉南县公安局石道河派出所副所长赵天昱与母亲的一次通话。谁都没想到这是这对母子在人世间最后一次通话。当日 17 时，赵天昱在抓捕嫌疑人时身中 21 刀，壮烈牺牲。14 日，在赵天昱葬礼上，赵母因过度悲伤，心脏病突发，抢救无效而去世。母子，以这样的方式来"团圆"，悲壮千古与谁同，闻之，天地动容，鬼神泣。

"峥嵘岁月，何惧风流。"是的，为社会的和谐稳定，有人肩负使命，砥砺前行。警察这高危职业，面对艰难险重不退却，流汗不说苦，流血不说痛，甚至付出生命也在所不辞，因为背后有母亲默默地支持着。

"儿行千里妈牵挂。"母亲，是儿女前行的原动力。孩子，是母亲永远的牵挂、永远的行囊，无论孩子是否长大，在干什么工作，母亲总是惦念着远行的孩子。

东源船塘派出所民警刘晓阔勇救落水儿童的事迹传开后，同事说，晓阔远在河北石家庄老家的母亲在网络媒体上获知其跳入大江中救人的事，马上打电话过来，问长问短，嘱咐儿子要注意安全，夏天来了，要多到江边去巡逻。刘晓阔是从海军某舰队特招入警的，是一个曾经参加过亚丁湾护航行动的海军陆战队队员，救一个落水小孩不是什么危险的事。但对晓阔母亲来说，无疑这是天大的事。这就是母亲，这就是母子情，无论何时何地都心心相连，不因阻万水千山而疏远，这种情会愈长久愈深刻。

"为了母亲的微笑，为了大地的丰收"，愿我们的母亲天天微笑，愿母亲的饭桌上没有空位，愿母亲的筷子夹着快乐，愿母亲的碗盛满幸福饭菜。

（原载《南方法治报》2018 年 5 月 14 日）

 诗　歌

敬爱的乌老（组诗）
——写给"中国福尔摩斯"乌国庆

苏雨景

读乌国庆

乌老，此刻
我在泉城的夜晚读你
窗外，月光正衔起飞鸟
衔起宽广又细微的秋声
风中诸物，因你而莫名生动
月下跋涉的云影
街角发光的路灯
撑起伞盖护佑着雏菊的核桃楸
这一切都像是关于你的
恰如其分的隐喻

乌老，五十多年的星夜兼程
你的路是一部漫漫长卷
每一个章节都各归其位
字里行间，词语安静
而叙述跌宕
那些细节如此完美
完美到令人惊愕
完美到像一位王的神谕

而你是领受者
瀚海无垠，你用舵手的坚毅领受
人世诡异，你用智者的从容领受
日月如织，你用平添的白发领受
风霜如刀，你用陡增的皱纹领受
你领受苦涩，也领受甘甜
你领受艰难，也领受沉醉

乌老，你这部绵延的长卷啊
到底要把我引向哪里
读你，所有的成败得失我都忘了
所有的喧嚣浮华我都丢了
只有头顶的星辰是饱满的诗句
只有透窗的微风是不竭的深情
来吧，敬爱的乌老
茶已备好，让我们秉茗对坐
我要借着这种清香进入你壮阔的激流
和巍峨的光阴

多么像一副手铐

多么像一副手铐
审视这倒刺般的锯齿
像审视时光里的波涛
"咔吧"一声,锁住了半个世纪的戎马史
也锁住了那些虎狼之啸

多么像一副手铐
从此,心无旁骛
一生怀抱河汉,一生怀抱暗礁
从此,你成了一个光的环
暴雨、狂风、鱼群、鸥鸟,都在其间闪耀

多么像一副手铐
俯身于每一个案发现场,你身体的弧度
是对万物的疼爱
这是必然的躬耕
是大地孕育的枷锁之光

多么像一副手铐
永不妥协的硬度,一再沉默
你的背负是靠梦里的渴望说出的
是靠心中的热血说出的
是靠越来越多的果实说出的

多么像一副手铐
你把身体里的钢,还原为无数火焰
一下下拍打着虚掩的门户,并且说

出来吧,出来啊
我已经竭尽全力逼退了寒冬

犯罪现场,你的另一片草原

犯罪现场也可以以梦为马
草原之子,有着驰骋的惯性

从爆燃之后的灰烬开始驰骋
从逝去的生命开始驰骋

一路奔袭,你的沿途
只有沙砾,没有桃花

走在无边的荒芜上,你也会流泪
为支离破碎的善良,和东倒西歪的人性

那是整段行程中,你唯一表露的软弱
除此之外,皆为箫声,皆为剑气

你穿行于现场的密林,没有硝烟
却有无形的陷阱与设伏

你是冲锋的勇士,为了消除这一切
必须用信仰的闪电鞭策战马

你是开山的工匠,为了打通最后的暗道
必须让黑暗洞穿自己

你是行游的诗人,为了穷尽所有险峰

必须把自己推向悬崖

你是灵魂的歌者,为了最美的长调
必须胸怀八楞罐牧场的壮阔

敬爱的乌老啊,此刻
泉城的夜晚,因静极而阑珊

你一身戎装,两襟清风
让我感觉满目苍翠

你一壶冰心,映照河岳
让我写到百转千回

(原载《人民公安报》2018 年 12 月 14 日)

生命的呼吸
——献给世界屋脊上的天路卫士

田　湘

铁通过火,锻成钢轨
制成一架天梯,就有了通天的路
从沱沱河到唐古拉,再到拉萨
这是火车在世界屋脊上的一段轨迹
也是你走过的。在海拔5072米的一个点上
你成为世界上站得最高的警察

高原,冻土,冰雪,狂风,零度以下
这些都不足惧,你最缺的是氧气
必须节省。生命脆弱得不堪一击
肺水肿用死亡的令箭夺去你的战友
如今又在威胁你,整整十年了
你是孤独的舞者,在严寒中与铁比刚强
在缺氧状态下练习呼吸,何等的浪漫主义

钢轨与火车是铁做的,而你不是
你只有一副肉身,可你头上的警徽
比铁还亮,映照着茫茫雪域和碧蓝天际

你在高原上行走,可你不同于火车
火车在奔跑,你却不能,困扰你的还是氧气
你的行走是世上最艰难的行走

你深入雪的冷,这苍茫大地凝固的血液,最干净的语言
雪是毁灭者,也是创造者,是生命之源
雪化成水,生命就开始流动,就有了呼吸
沱沱河孕育着最初的生命,催生了荒草、羚羊和野狼
勇者必定敢于在最恶劣的环境诞生
火车的出现是另一种生命奇迹,是另一道风景
而天路的守护者,你离天堂最近,是另一种神
那傲世的雄鹰,正携着你的灵魂在飞

(原载《中国铁路文艺》2018年12月)

警徽,守护大地的灯盏

许　敏

　　大野苍茫,千年的流水在琴弦上奔流
　　我们已习惯在繁华的尘世间
　　在山水与伦理、制度与律法里
　　临摹碑帖残照
　　阅读菊花明镜,抚慰碧波轻舟
　　市井街衢,繁华丽象
　　生活无穷尽,人世有枯荣
　　你看见,缎子般的阳光,鲜花与蝴蝶通行
　　一只蚂蚁,一棵小草,有秩序到达彼岸
　　宇宙何其大,蝼蚁何其小
　　只要秋风一吹,万物就蜕去一层皮
　　黄河泥沙俱下,古月照今,山重水复
　　仍还在气势磅礴地奔流
　　踏平所有的波浪

有时是闪电,有时是迅雷
有时蚀骨,有时熔金
一棵思想的芦苇也重不过你
你凝固在一切事物上
听微风在花瓣间呢喃
找回失散的星子,像点亮一盏灯那样
点亮草叶与花朵上颤抖的露珠
驱散阴霾和残云,那些被践踏、遭蹂躏的
时间还它公正的面容,事物的庄严
都在灵魂的天平上称量,这也许是
最迷人的时刻,也是最幸福的时光
是你最先嗅到春天的气息
头顶的鸽哨,把天空擦洗得一片蔚蓝
这是温润的江南,也是我正义的家乡
阳光透出万缕温馨宁静,天高地阔
你可以一口气地吐出肺腑里的淤积
真理是圣洁的,起死回生,穿越风雨雷电
永远抚慰无辜的泪水和美丽的忧伤
把正义和尊严安放在恰如其分的地方

(原载《人民公安报》2018年10月12日)

把平凡的事情做到极致就是不平凡
——写给"叨叨"警察吕建江

周孟杰

窑洞里走出的汉子,有憨厚的微笑
军营里走出的汉子,有侠骨与柔肠
警务区走出的汉子,有暖心的唠叨
你用爱心不厌其烦地"叨叨"
"叨叨"出共产党人的一面旗帜

你这位网上二十四小时在线救助的好民警
你这位网上为民排忧解难的好男儿
你这位网上寻找失物主人的好心人
你这位网上有难必帮的好大哥
你这位日夜职守不知疲惫的好男人
你这位岗位在变,服务不变的真汉子
你这位忙碌不停的警务站好站长

你这位心中永远装着留村百姓的好"村长"
吕建江,你还听得见吗
多少人还在等着你的唠叨啊……

谁还比你更可信任
你的付出赢得受助百姓的夸赞
你的耐心让困境中的少女寻到希望
你的爱心让辖区群众找到温暖
你这个冒着暴风雪挨家挨户救护村民的人
你这个不知疲倦深夜救助危难群众的人
你这个把温暖送到辖区群众家门的人
你这个把纠纷做到如三春之暖的人
你可听得见吗?老百姓在殷殷呼唤你的名字
你这个握住他的手给予力量和信心的人
你这个扶住他的脆弱给予坚持和鼓励的人
你这个向上推他一把给予动力和希望的人
这个人就是你啊
亲爱的吕警官、吕村长、吕大哥、"老吕叨叨"……
吕建江,你是千万个警察中的一员
你是老百姓最信任的"叨叨警察"
一个平凡的好人
把平凡的事业做到极致的不平凡的人

走进生你育你的小山村
山村宁静,石窑无言
支沙口村,那个小小门牌依旧在等你回去
吕建江,你家窑前梨花刚刚落尽
窑后山上苦菜花已经开遍山坡
吕建江,你哥哥撑双拐的脚步越来越慢
你弟弟哭红的眼睛再次红肿

吕建江，你的旧照片被姑姑保存完好
她相信，有一天你还会站在窗前

吕建江，我的警察好兄弟
你从未离开我们半步
你看，满世界的花朵随你的叨叨盛开
你看，满天下的爱心随你的叨叨涌现
你的笑容正如和风吹暖整个春天

（原载《人民公安报》2018 年 4 月 20 日）

吕建江：四季的四种特写

蝈 蝈

春

春天，你穿着警服
在现实与虚拟之间行走
从一个人到一件事，把点点滴滴
都化为有序生长的花儿
不信你听，有春苗拔节的声音
有花瓣舞蹈的声音
有万物在社区里奏鸣的声音
这轻盈醇厚的交响
是爱与亲的融合、执着与坚守的汇聚
是涓涓细流汇成的大海
吕哥，你是胸怀人世的一片海

你在这里，
春天就在质朴的微笑中蔓延
庄里暴雪的记忆就会更轻一些
微笑也会传染
你和我们打着招呼
就像春风在这片土地上播撒
亲人啊
春天多么神气，因了你的热爱

夏

夏天，你穿着警服
在烈日下明亮的星花也带着温度
这时候，你不增添炎热
你用微笑的热度
换来整个夏天的清凉
走街串巷任凭风吹日晒，你的心里
装着万家灯火
家长里短，有条有理梳理顺当
清风明月，一丝一缕送给乡亲
夏天也会非常迷人
听吕哥叨叨，
心里是暖的，身上是凉爽的
一天天的日子是平安的
那些石头，也能在夏天不再烫人
每个街区都灯火有序
点灯说话
就是为了让夏天的叨叨
传递人世的温暖
"汗水湿透衣服不算什么，

只要能让这炎夏清凉,大地平安!"
只要大地平安
夏天就是迷人的
吕哥,就是此刻制造清凉的人
你的微笑,就是解药

秋

秋天,你穿着警服
多么像一棵笔直行走的树
是的吕哥,你就是钢筋水泥丛林里
这棵生机勃勃的树
让雪一般的丛林,渐渐被温和的绿融化
孩子们路过警务站
都会亲切地把它称作"小房子"
吕哥就是那个"穿警服的叔叔"
会讲警察抓小偷的故事
有事儿了,不打110,直接去找"小房子"
这是一棵树,在希望的原野上微笑
纵然把根扎进铁一样的时光里
也要把微笑带进土里
那些纷纷落下的叶子,分明就是你
欣慰的笑声,它们回到泥土
像书签一般
藏在你的故事里,每当翻开秋天的书册
你就在某一页上
站成一棵,微笑的树

冬

冬天,你穿着警服
四季轮转,我们没有见过你
不穿警服的模样。你平时连一件
像样的衣服都舍不得买
说警服最好看了
可你,却把有限的工资全部投入到
无限的忠诚里去,黄手环
移车卡、网上警务室……
你的生命为遍播希望而生,当冬天在孕育
当冬麦悄悄努力,当冀中平原开始暗潮奔涌
你却在冬天悄然离去
我们的不舍是失去了亲人、战友和兄弟
你的不舍,是小张的事儿还没办结
是小李的事儿才刚有眉目……
是冬天收藏了你,要让寒冷之中
绽放光芒
是冬天解救了我们,自此懂得热爱
我原谅了冬天,就让它
好好珍藏着你吧,吕哥,今后所有的冬天
都将被永恒的爱心点燃

刑警(组诗)

张玉波

案发

风暴又一次来临
我们踩下那片沉重
愤怒,化作闪电

对罪恶最好的诠释
在于挥舞利剑,穷追猛打
运用法律,化解苦难

我们胸怀正义
我们践行忠诚
我们在疾恶如仇的愤怒中

用包拯的骨气，狄仁杰的睿智
令魑魅魍魉现形
支离破碎他们，撑不起的远方

一次次出征后，继续
待命吧，勇士！
惩妖除魔，秣马厉兵！

现场勘查

于细微处听惊雷
怎能让经不起的疼痛
夭折在这片狼藉中

犀利的目光，直指
淹没在琐杂的微痕，萃取
举起柳暗花明的奇迹

这些勘查者，像一个猛士
舞着锋利的长剑，寒光闪闪
扭转乾坤，落定尘埃

走访

每一步，都在丈量正义
每一步，都在丈量公平
语言是珍贵的
线索是珍贵的

嫌疑人的宿命，是不可逆转的

有多么罪恶,就有
多么强力的清扫

走访,是扫除罪恶冰层下的深滔
走访,是漫漫黑夜里的火焰

一个个脚步,走家入户
穿透罪恶的迷雾
从点点滴滴里,寻找答案

案情分析会

烟雾,像一团乱麻般的思绪
让每个人,拧结着眉头
你一句,若暗的影
他一言,若明的光
唇来舌往,条分缕析

一个个案情,一条条线索
像一枚针,刺痛
没有呐喊,却很犀利
在语言中,看到了
刀光剑影,猎猎旌旗

思想的花,捅破黑暗
于是,迎着风
在阳光下,唱一首歌

破案

时光缓慢,缓慢里看到了什么
一条隔世的鱼,一汪破冰的海
在时光的另一个截面
以凤凰涅槃的姿态,点燃光亮

那些接踵而来的,证据和结论
猛叩罪恶紧闭门扉上的铁环
终于,那隔世般的爱和温暖
冲破黑暗,穿透黑夜的束缚
从银河的马背上,款款而来
破案的消息,悠然间
踩着风声,狂奔四散

(原载《人民公安报》2018年6月29日)

爱：一名资深警官的枫桥情

沈秋伟

爱，是稀有元素
它孤悬于寂寞的宇宙
也时常游走人间
它吹到哪里
哪里就是生命的绿洲

一名资深警官发现
在枫桥，它的浓度高于周边
枫桥经验其实是爱的经验
他痴迷于对这现象的研究
致力于元素提纯工作
用它来营养枫桥经验这棵绿植
并一路带着它的种子走遍四方

时间在流转
在某个时间节点
不经意的一个华丽转身
让他重返久别的枫桥
他要用一生的爱来反哺枫桥
以及小城周边的田野
他为枫桥写下新歌词——
矛盾不上交,用爱来消化
平安不出事,用爱来护卫
服务不缺位,用爱来兑现

他请来作曲家
用美串起枫桥的山水旋律
让枫桥的一草一木听了都动情
他让枫桥的千年传奇
与现代生活完美嫁接
让家家户户结满小康的果子
让锦绣的人生从这里出发
合着爱的节拍
走向海角与天涯

(原载《神州》2018 年 8 月)

枫桥未远行
——纪念枫桥经验

任慧君

诸暨的北方
在 1365 公里的交汇
薄纱朦胧的阳光
似若那溪轻起的仙雾
洒在我的窗外
将我的北方换作了南方遥远的枫桥

仰望五十五年前的敬意
我的心
已远行
呼吸是绍兴老酒质朴的微笑
脸庞是会稽山水清凉的慰藉
我的思绪在我的北方南方飞翔

温一壶西子的乡愁
品一曲街巷故里的浓语
我挽着热情的红袖子
好似挽起讲着外语的乡邻
从金水桥的华表越过赳赳华夏的稻香
西施故里的温柔已化作绵绵的情
滋润着和字界碑的平安水乡

又是一个十五年的春天
加饭酒的醇香早已
在枫桥包裹的溪水里愈加的浓郁芬芳
那放下了钢枪俯身担起了不安的村落
那淘换了怀疑微笑承起了信任的枫桥
用和顺和美和谐的和字华章
传遍了江河湖海
而今
香榧树的根脉
又将那吴越的云袖做成了义字的旗帜
用义警义民义举托起了
新时代的民安
那个桂花飘香的枫溪江畔
旗帜在
未远行

（原载《法制日报》2018年6月4日）

警 魂

刘晓霞

从一枚警徽保卫的山河说起
从山川里扯出的溪水
从溪水流经的每一寸土地
散射开去,四十年
有种光芒,一经升腾便从不落幕
在高处,它如星辰守护大地
在低处,它持温情走入寻常巷陌

从一把钢枪护卫的平安说起
从缠在枪托上的红绸
从绸布上飘扬的一抹意志
汇聚而生,四十年
有种注视,一经凝聚便从不涣散
举起来,它不放过一丝阴险

放下去,它把月色融入万家灯盏

从一种步伐走过的风霜说起
从风雨中铿锵的步履
从步履里默然的诸多故事
隐藏下去,四十年
有种经历,每每亲历却从未提及
走进去,把危难挡在身后
走下去,把安宁祥和牢牢筑起

从一个敬礼怀揣着的忠诚说起
从以忠诚搏起的脉动
从脉动中蓬勃的热血和精神
传递下去,四十年
有种生命,把使命和职责奉为价值
实践它,甘愿献出年华
青春到白头,矢志不渝

从一座丰碑镌刻的姓名说起
从英名或隐姓埋名的事迹
从事迹背后世人所不知的内容
来诠释,四十年
有种身躯,轰然倒下却英魂永存
为信仰,初心未改前赴后继
为承诺,勇往直前无悔无惧

从一双目光笃定的从容说起
从目光守望的前方
从通往前方的不尽未来
为链接,四十年

有种力量，以血染的每个瞬间
做宣言，有黑暗的地方必有火炬
有牺牲的时刻，必有不灭的正义！

四十年，与改革共成长的警务前沿
我无法说清每一名战友、每个面庞
闪现的每一种表情及其内涵
那些分享的时刻，那些独自的咀嚼
与众多无法忘怀的战斗一样
透着血与汗，闪着泪与光
他们一边奔跑，一边构建
用誓言，用赤诚，用牺牲
托起平安稳定欣欣向荣的新时代！

（原载《人民公安报》2018年11月23日）

在枫桥想起扁鹊的哥哥

李尚朝

今年春,游于诸暨枫桥
皆谈枫桥经验,三句话
小事不出村
大事不出镇
矛盾不上交

忽想起名医扁鹊和他的哥哥
扁鹊治绝病,名响于国
二哥治初病,名播于乡
大哥治未病,名止于家
扁鹊云,其技源于两位兄长
若论医术,大哥绝,二哥精
扁鹊之术,入好之列

乃悟，治安之术，亦分三等
化为绝，防为上，打为补救之法
所谓枫桥经验，实为大哥之术
化心结，治未病
其术绝，名止于村
春风化雨，非仁爱而难为

（原载《枫桥经验诗歌集》，群众出版社2018年版）

大漠　我美丽的忧伤

于国华

我在天空黑暗的云隙中借得一丝月光
脚下的沙丘起伏我追不上你滚动的轰鸣
因饥饿干渴倒下的我也拿不出一把草
一滴水安慰我的战马　最后它用微弱的
嘶鸣结束了生命　我手中还提着缰绳

大漠啊　我的战马是在你的肆虐中倒下
打开你的怀中除了我的呼吸是不是还有
狰狞的魔鬼吃人的秃鹫和成堆的白骨
我只好祈祷上苍让我能看上一眼你的
湖泊你的胡杨你的城郭和走过的驼队

如果我死了我的灵魂也要飞一趟楼兰
和敦煌　楼兰公主的裙装是裸胸的

敦煌石窟的飞天反弹琵琶来自古印度
如果有幸我还要拜访西域归来的张骞
丝绸之路的水源都标记在一张羊皮上

黄河是王维孤烟直落日圆凄凉的感慨
贺兰山是岳飞仰天长啸保家卫国的遗憾
大漠你让我临终冥冥的幻想如此之多
能否满足我再跨战马披长风报效家国
我的剑还能霹雳如电一展男儿夙愿

弥留之际　我还有梦还有诗还有远方
我听到了东海的美人鱼在高唱情歌
她头戴绢花身穿旗袍神话般向大漠走来
我左手举着紫罗兰　右手提着曼陀罗
正在追忆我自己大漠消失的一位老兵

　　　　　（原载《中国诗人》2018年4月）

铁路骑警李军的日常生活

逯春生

一个人一条路
五座桥梁十一条隧道
二十二公里的长路
六十多万根枕木
它们陪你一路
你陪它们三十年
一万多个日夜
这就是你的青春

云朵有多高
潭水就有多深
路途有多远
爱就有多长
往返昼夜雨雪

经霜的人生才会有灿烂的红叶和
花朵后的故事
你是这山中最美的花朵
孤独成湛蓝的叶片
警徽闪耀的光辉是你最香的花蕊

累吗
你用微笑回答
苦吗
这匹日夜相伴的红马
已早你一步衰老
你的双眼凝视远方的山峦
老柳树油菜花
每一个村庄的炊烟
都以前行的音符催促着脚步

八对客车十八对货车
你在路边站立成信号灯
你用行走铺展每一节铁轨
汗水渗进路基弥合了所有的缝隙
火车的笛声
由远至近又由近至远
盛大的演出在瞬间擦肩而过
一个人的舞台
磅礴成天地的回响

大地如星辰深埋你的足音
与火车的嘶鸣震撼相比
这足音多么地弱小
日光缩短你的身影

这身影始终逡巡于
比草略高一点比树略低一点的距离
你就是铁轨的里面村庄的外面
执着行走的一个人
一张笑脸一声问候一杯热茶
你是这村庄的兄弟
你这可以亲近的枕木
原本是一棵人心的大树
你这笔直的行走
永远保存着钢铁淬火后
不变的温度

（原载"中国公安文学精选网"2018年7月10日）

满天都是你的名字
——清明怀念逝去的战友

邓醒群

今夜,必须保持仰望星空的姿势
仰视着你的名字

今夜,读着满天的星星
那都是你的名字,你的名字啊

春风吹,细雨如丝
这样的夜,怎叫我能不怀念
亲爱的战友,亲爱的兄弟姐妹

你听听,你听听啊
草丛中的蟋蟀,池塘里的青蛙
树林间的虫子,都念着你的名字
念着你的名字啊

星光闪耀,你的身影在来回
多少次,多少次啊
面对着艰难险重时,你没有退却

其实,你更清楚前面是什么
其实,你心中也惦记着自己的家
其实,你心中已经把这份爱不断放大升华
因为,头上的徽章,身上穿的衣服
你,使命必达。你,心怀信念
宁舍小家,不负大家
义无反顾,义无反顾地向前冲……

你,离开了,就这样永远地离开了
走得如此地匆忙,走得如此地决绝
如此地悲壮

星光下,每一棵树,每一株小草
都有你的名字。流淌的小河念着你的名字
往来的风呼唤着你的名字

仰视灿烂的星空,听到了你嘱咐的声音
崇高而神圣。用心地读着你的名字
热泪盈眶

从清明开始,怀念着你
我亲爱的战友
天堂有你守护着,一定是春华秋实
万物安息。大地有你的光芒普照
正义不倒,众生平安

(原载《致敬　缅怀　前行》,群众出版社2018年版)

我是一名乡村民警

徐振江

我是一名乡村民警
天高地阔的乡村呀
有我山一样的爹
有我海一样的娘
生了我养了我
给了我爱
给了我情
如今我真幸运
能够拥有一块乡村的区域
让我履行着一名警察的责任
守护着乡村的安宁

尽管和我的工作相连的
总是那些平常琐碎

甚至鸡毛蒜皮的事情
既没有惊心动魄
也没有刀光剑影
然而
当我三番五次费尽口舌
让邻里纠纷变成握手言欢
当我走街串巷熟悉人口之后
再次见到他们
我能认出
他是李大叔她是王大娘
他们也能唤出我的名字
我似乎又添了一份亲情
当我进百家门送安全防范知识
朴实的村民
让我坐到热乎乎的炕头
最寒冷的冬天都不再寒冷
就这样
不知不觉中
我竟喜欢上了我的职业
一名最普通的乡村民警
我巨大的成就感就这样
在心底油然而生

我愿意
我真的愿意
就这样欣然地做着一名乡村民警
用我的职业呵护
亲昵着
乡村的和谐与稳定
用乡村的气息

用乡村最自然的泥土芬芳
来充实
熏染我的生命
看玉米扬花
高粱红了

（原载《人民公安报》2018年1月26日）

捐　躯

　　　　　　　　　　　　林　涛

每次,我看到"捐躯"
眼睛便生涩起来
不管是不是
我的同事,他们浑身的血污
染红了视线尽头
激烈地搏斗
在生与死的转换中
渐去渐远
唯一的目击者
是永远灰色的天空
我们只能靠想象
去还原那些
不一样的人生

把身躯捐出去
要多大的勇气和智慧
才能让生存的欲望平静
一些更重要的词
隐藏在"捐躯"的背后
让活着的人一辈子
都不能穷尽

手 机
——怀念时代楷模民警吕建江

陈计会

"一直不相信你去了另一个世界,
而是隐身在手机里。"
暗蓝、磨损边缘的手机套紧闭着秘密
烙在她脑中是那张憨厚的脸
被手机的微光镀亮,如一轮满月
周围的夜晚和街巷变得祥和
在他人生这出戏里,手机不只是道具
那么多人玩手机,大家的
手机系着自己,他的却系着大家
他将能搬上手机的东西都搬上了
警务室、微博、网站、微信……
他将身边的工作打包进手机
把春夏秋冬,把白天黑夜
最后,他硬把自己塞进手机

"手机是他,他是手机。"——她喃喃
24小时,老吕叨叨——
叮咚,叮咚:短信。私信。微信
生病。漏水。煤气中毒。破羊水
落户。销户。失物招领。老人走失
"怎么自杀救不活?"——将他的心高悬
五个小时的拉锯私聊,往日笨拙的语词
被血液激活,让一朵花从深渊边沿折返
——他的眼里闪烁着欣慰。此刻
他不知浮屠为何物,眼睛又紧盯着
一辆穿过午夜巡逻的警车
在手机里慢慢移动——
它要去守护人们美丽的梦境

在这个队列里,有人持枪,有人持盾牌
而他,以手机为利器
嘈嘈切切:询问。释疑。接警。出警
芝麻绿豆。生死攸关
每天一大堆绳结抛来——
满地鸡毛,他一一清理。"人活着就要
做点事,咱为老百姓做点实事。"
——憨笑的脸上,水波不兴
他的内心里埋藏着大海
也只有大海,才能装得下热爱
源源不断,他每天将涓涓细流分发
他知道人世间的疾苦、黑暗和无奈
像乡下石头房子间挣扎的小径
他一直携带着信仰修行
正如他的行囊里一直装着——
听诊器、血压计、照相机、笔记本

不！他装着一个沉甸甸的字——爱！
他的手机联结着遇险的人、求助的人
产妇、孤寡老人、病人、老年痴呆患者
联结着冬雪、泥泞、雷暴、车轮、脉搏
呼告、哭泣、求救、呻吟、感激
——一个无比广阔的世界
他整天在其间穿行，不知日夜晨昏
一个播种爱的人，他内心自成宇宙

"手机需要充电，而他24小时运转
是谁制造出一台这样的机器？"
你可想象他白天在大街小巷穿梭
晚上在她的轻鼾声中盯紧屏幕
他穿越荒野，也穿越梦境——
从军医到警察，从山旮旯到大都会
每一个脚印都稳稳烙在大地上
每天像一块砖，他垒起的信仰不断升高
——一棵大树枝繁叶茂
而这一切的能源，来自深深的根须
——爱，或热爱
同时他又将自己当作蜡烛点燃
以期用微弱的光芒照亮尘世
一阵风突然袭来，火苗摇晃几下，终归
熄灭——这是否是早已埋伏的结局
——"你终于可以好好地休息了！"
她幽幽的声音，像袅袅的烟篆
回荡在莽莽苍苍的燕赵大地
47岁。光焰还未拨得最亮
"一直不相信你去了另一个世界，
而是隐身在手机里。"然而

当人真的变成一部手机
世界就开始倾斜了!
——午夜里,他的手机依然亮着
有一种光芒,依然在传承,一张又一张脸
被镀亮,同时也将光芒继续散布人间

(原载"中国公安文学精选网"2018年9月27日)

当第一滴水醒来

穆蕾蕾

四孔古井,里面大地睁开的明眸
可供干涸畅饮;一面老墙,时间书写的墨痕
霉渍斑斑,却自成画中极品

修建中的枫桥镇溯源而寻
它正在联结历史中那些灵光熠熠的片段
它正在寻找枫溪源,和枫溪之上
不存在的枫桥永在摆渡,不会塌没的成因

枫桥镇收海成河,卷河成溪,然后
回到最初那滴水。枫桥镇
又将滴水打开,显露一粟中的沧海

一滴醒来的水,会碰醒另一滴水

然后整片海将脆鸣如风铃,被水的觉醒撞响

珠水成海。枫桥镇是第一滴
从晨曦中凿透古意,将带着觉醒流淌的水

(原载《枫桥经验诗歌集》,群众出版社2018年版)

遍地灯火

杨 角

灯泡是受赠的旗袍
赠予红色,它就是红的
赠予绿色,就是绿的
大部分灯光一张脸白辣辣
像失血者,像数不过来的人群
一粒灯火来到我们中间
并非要照出你的影子,而是燃尽它自己
很多时候,那些电工
忘了拉下电闸
大白天里,它们仍不明不白地亮着

端午，写给屈原

郑光明

要是没有两千多年前
你怀沙投江的凄冷悲情
五月初五
根本不可能成为一个节日
根本不可能两千多年来
每年都有火爆的龙舟鼓点
点燃每个端午的湖泊
根本不可能只用一片
绿色的粽叶
就可包出天南海北
一个民族香甜的怀念

要是你不是一个诗人
要是你没有满腔的热血和悲悯

要是你没有写出那些
有血有肉的诗歌经典
你的死,也许只是月光底下
漂浮鱼肚的一寸忽暗忽明
或者只是湖边苦楝
掉到水面的一颗生脆的沉寂

屈原,那一年的今天
你用一次愤然的死写一首诗
从而完成了自我
让《离骚》和《九歌》哭得死去活来
让所有的山河,呜咽着吟诗作赋
一碗雄黄酒,喝倒了楚天

屈原,你是一个爱国的诗人
只有你,是因为诗歌的成就
又因为成就的诗歌
让中国浩瀚的历史尊称为伟大

我是一名警察

穆继文

多么短暂的光阴又到了深夜
九日过了十五分钟
十日开始我失眠了
一个夏季的浴火燃烧了

黑猫奔跑着它在流浪中
又被恐惧惊动
到底是否有九条命
是否徘徊在另一个世界八条命
一种游戏困住了灵魂
铤而走险或忧伤

一辆跑车冲动的音
联想吸毒凶杀绑架抢劫

或赌徒的疯狂
以及不法行为种种
一名职业警察
能否有其他的联想吗

下午地铁站两名女子
我在身后
她们是否是吸毒者或贼
也许两名女子正在防备
身后的我是否是贼
惊恐逃脱回头张望
如果两名女子知道真相
也许逃跑
也许微笑我是一名警察

耄耋老警

瞿海燕

深一脚浅一脚走在大楼的腹地
思绪从一个界面,切换到另一个界面
无暇顾及路边的风景
以及那些被微风拍打着的警服
几个年轻警察的目光从他弯腰的背上扫过
有一瞬间,他甚至准备举起敬礼的手
但眼前浮现的全是模糊的繁体字
五十年前的小楼、小巷
像晃动的船只,一晃就是一长串故事
记忆里的老式自行车
还能驮起一座公安大厦吗
先前值班室的电话机
还能分辨出急促的行军声吗
现代化的高层建筑,那一格一格的眼睛

神秘、未知,仿佛隔世的眺望
一抹繁华落尽的夕阳
在空空荡荡的警察广场上,与他相逢
一段被胜负追赶着的慌乱,在此迫降

用生命与忠诚负重前行
——献给"排爆英雄"王厚鑫

艾 璞

一把剪刀的价值，不取决于钢铁的构造
而在于放在哪个岗位上发挥奇兵作用
剪刀与爆炸物的较量　靠人的大脑
特警　特殊材料铸造的钢铁战士
忠诚是首选　信心　勇气　胆量　智慧是保障
剪刀的分量　与心跳的频率　成正比
其核心是为人民服务

剪刀要轻轻举起　在凝固的空气里
对峙中保持清醒　灵活很重要
剪刀完成任务后　重重放下
放心地卸下对百姓的牵挂
剪刀的价值体现主人的人生价值取向
剪刀在寻找正负极电源的源头

如老鹰在岩石裂缝中穿梭
如泥鳅在沼泽地里浮出水面呼吸

狭路相逢　剪刀把心里的阴影剪去
剪刀闪耀的光芒驱走百姓忐忑的阴影
剪刀遭遇每一次毒蛇般的爆炸物
掐住七寸　拔出毒舌　不让它开口说话

剪刀在寻找英雄的主人
主人把自己化为剪刀
切除社会罪恶的肿瘤
剪下胜利的彩霞做药引
和谐地缝补社会的创伤
你像将军般把剪刀当成宝剑擦拭干净
期待下次出征时为你建功立业

每每在睡梦中　你惊奇地发现
剪刀上绽放出映山红的娇艳
还能回味每次排爆成功后
体内响起鞭炮似的爆炸声

（原载《平安时报》2018 年 8 月 31 日）

杜鹃花的五月

王富举

由她托举的五月顺着山势匍匐
比糖浆还浓稠的爱,漫溢到百里之外
一年,又一年,照亮道路与天空
只等你来,在黔西
春天打开了它全部的阀门
五色岩浆通过沉默枝干
在树冠那里找到了天空的舌头
而终有一天,你会从这轻愁的花阴里
酩酊而过,你的驻足必定像小鹿一样
喜悦又惆怅
呵,多么轻易就已忽略
千百年守望的荒芜和祈愿的孤独
那天空、湖泊、晨起的风
眼眸里掠过的云朵,多么澄明

全都盛装着我，仿佛
我已经可以直接进入垂暮
退到潮水之外
向人间捧出洁白灰烬

（原载"中国公安文学精选网"2018年5月31日）

故乡渭源的麦子

葛峡峰

天气预报说
干涸的渭河水猛涨
冲毁了下游的河堤，果树，村庄
报道说，人们抢险救灾
没有人背井离乡

听到消息，我为童年
清澈的河水哭泣
为文献里
"鸟鼠同穴"的传说悲伤
为早年渴死的麦子
写下迟到的悼词

记忆里，渭源

是一个欢快，忧伤
疼痛的词
是一个因一条河流
而诞生乳名的村庄
是一个穿州走县
一曲"花儿"和秦腔的
荡气回肠
现在土地睡眠
河水醒来
像年老的父亲
愧对一年收成
暴戾的脾气
记忆里，母亲仍在忙碌
心有不甘，守望着
刈割后土地里
遗落下种子的绿色

（原载"中国公安文学精选网"2018年8月13日）

北方的树

臧思佳

长在南方的植物
不知道什么叫做冷
只要绿肥红瘦地生活
他们就有主动投怀送抱的蝶
以至于树也分不清
哪一只是新欢
哪一只是旧爱

这样骄傲地盛放
不会出现在北方的树上
被秋风夺去的美貌
冬只还给她几朵白花
轻贴云鬓
哪只蝶会勇敢到

为一枝无香的花
与树厮守一个冬天的寂寞

所有的枝丫
都以最初的姿态雕刻时光
像放不下守望的目光
投向冬眠的天空
还来不及穿一件云朵做棉衣裳
半步不挪地把寒风
软硬兼施的诱惑抵挡
这是北方的树
用冰雪孕育的倔强
长成一个边防女兵
折不断的守望

(原载《人民公安报》2018年8月3日)